Tod im Stahlwerk

Anne-Kathrin Koppetsch wurde 1963 im idyllischen Sauerland geboren. 1982 begannen ihre Lehr- und Wanderjahre, die sie nach Münster, Tübingen, Heidelberg, Jerusalem und Berlin führten. In Berlin entdeckte sie ihr Talent zum Schreiben, zunächst als Journalistin. Dort spielt auch ihr erster Krimi »Blei für den Oberkirchenrat«. Seit 2000 lebt die evangelische Theologin in Dortmund, seit 2012 arbeitet sie als Pastorin in der Paul-Gerhardt-Kirchengemeinde. Im Emons-Verlag erschienen in der Reihe um Pastorin Martha Gerlach bereits »Kohlenstaub« und »Linienstraße«.

ANNE-KATHRIN KOPPETSCH

Tod im Stahlwerk

RUHR KRIMI CLASSIC

emons:

Bibliografische Information der Deutschen Nationalbibliothek
Die Deutsche Nationalbibliothek verzeichnet diese Publikation in der Deutschen Nationalbibliografie; detaillierte bibliografische Daten sind im Internet über http://dnb.d-nb.de abrufbar.

MIX
Papier aus verantwortungsvollen Quellen
FSC® C083411

Umschlagmotiv: Anton Tripp/Fotoarchiv Ruhr Museum, Streik vor Krupp-Werken, Essen, 22. Januar 1966
Umschlaggestaltung: Tobias Doetsch
Gestaltung Innenteil: César Satz & Grafik GmbH, Köln
Lektorat: Uta Rupprecht
Druck und Bindung: CPI – Clausen & Bosse, Leck
Printed in Germany 2015
ISBN 978-3-95451-528-8
Ruhr Krimi Classic
Originalausgabe

Aller Humor fängt damit an,
dass man die eigene Person nicht mehr ernst nimmt.
Hermann Hesse

DIESER SOMMER

Die Amerikaner machten das Rennen um die erste Mondlandung. Politiker warben um Stimmen für den künftigen Kanzler und wollten ein modernes Deutschland schaffen.

Die siebziger Jahre standen vor der Tür.

Die Zeichen standen auf Zukunft.

Das Leben in unserer Siedlung am Rand der Dortmunder Innenstadt blieb davon scheinbar unberührt. Sonne, Leichtigkeit und Musik trugen mich durch die Tage. Silbrige Töne in der Stunde des Pan, wenn ich mich nach dem Mittagsläuten auf dem Rad den Berg hinunterrollen ließ und Kurs auf die Kleingartenanlage nahm. Sooft ich konnte, verbrachte ich die Mittagspause im Schrebergarten der Küsterfamilie, den ich mit nutzte. Von Weitem schon hörte ich das Jauchzen der Kinder, die in mit Wasser gefüllten Wannen und Eimern planschten.

»Freddy«, dachte ich dann. »Ob Freddy heute wieder spielt?« Wie der Hirtengott persönlich saß er am Ufer der Emscher und verzauberte die Umgebung mit seiner Flöte. Hingebungsvoll lauschte ich, wenn er mit seinen weichen Lippen dem Instrument magische Weisen entlockte. Manchmal wehte eine Prise Abwasserdunst aus der »Köttelbecke« herbei, wie die Emscher im Volksmund hieß. An einem heißen Tag in diesem Sommer, als es besonders übel stank, hatte ich in Freddys rechtem Mundwinkel ein Grübchen entdeckt. Die strohblonden Haare über den starken Brauen waren zerzaust, die Augen blitzten, als unsere Blicke sich trafen.

Beim Klang seiner Flöte fühlte ich mich wie auf einer Insel außerhalb von Raum und Zeit, schaute den federleichten, winzigen Wolken zu, die an den blauen Himmel getupft waren. Bachs meisterhaft gespielte Partita brachte die Welt zum Leuchten, selbst im Kohlenpott, wo die Luft immer noch zu dreckig und die Häuserfassaden zu düster waren. Zur Mozart-Arie begannen meine Gedanken zu hüpfen, lösten sich vom Boden und schwebten davon. Vergessen waren mein Beruf und meine Stellung. Verdrängt der Gedanke an die nächste Predigt oder die nächste Beerdigung.

Wenn Freddy nicht spielte, schwiegen wir meist. Manchmal redeten wir auch, und ich, die Pastorin, hielt das Gespräch bewusst neutral. Einmal fragte ich meinen ehemaligen Konfirmanden nach seinen Zukunftsplänen.

Lehrer solle er werden, das sei etwas Rechtes. Eine sichere Laufbahn als Beamter. Finanzielles Auskommen, bescheidener Wohlstand nach der entbehrungsreichen Zeit, die er und seine Mutter nach der Scheidung durchgemacht hatten.

Seine raue Stimme ließ die Sprechweise des erwachsenen Mannes bereits ahnen. Doch noch bröckelte sie an den Satzenden, zeigte Spuren des gerade erst überstandenen Stimmbruchs. Sein Gesicht war glatt. Ob er sich rasierte?

»Was würdest du selbst denn gerne machen, Freddy?«

»Musik. Am liebsten nur Musik, Fräulein Gerlach. Musik ist mein Leben«, sagte er mit kindlich anmutendem Ernst.

Wieder setzte er die Flöte an den Mund, spielte eine Tonleiter, die sich in gebrochene Akkorde verwandelte und schließlich in ein heiteres Sommerlied mündete.

»Wann bist du mit der Schule fertig, Freddy?«

»Ich wurde gerade in die Oberprima versetzt. Einmal bin ich hängen geblieben. Ich bin jetzt neunzehn.«

Also zwölf Jahre jünger als ich mit meinen einunddreißig Jahren. Ob ihm das bewusst war?

Nach dem Spiel baute Freddy seine Flöte sorgfältig auseinander und verstaute die Einzelteile in einer roten Stofftasche. Dann erhob er sich, verbeugte sich knapp und ging davon. Flink marschierte er den trockenen Uferweg entlang, kehrte zurück in die düstere, kasernenartige Siedlung am Emscherufer, die »Negerdorf« genannt wurde, weil die Zechenarbeiter früher ungewaschen und mit schwarzer Haut nach Hause gehen mussten. Ich stieg aufs Rad und kämpfte mich den Berg hinauf, zurück in meinen Gemeindealltag, beflügelt von der Vorfreude auf das nächste Treffen.

Nicht nur die Welt um mich herum leuchtete. Auch ich strahlte. Dass ich mich modisch und bunt kleidete, fiel selbst meiner Freundin und Amtsschwester Rosi auf. »Bist du verliebt?«, fragte sie neugierig. »Doch nicht etwa in den Reporter? Diesen Windhund Luschinski?« Ich lachte nur.

Dann neigte sich der Sommer dem Ende zu. Von einem Tag auf den anderen blieb Freddy weg.

Sehnsüchtig hielt ich Ausschau nach ihm, wenn ich das Fahrrad über den holprigen Weg entlang der Emscher schob. Enttäuscht lenkte ich meine Schritte weiter zum Schrebergarten des Küsters. Noch immer bevölkerten Familien die Kleingärten, doch das Wetter war umgeschlagen und wurde wechselhaft. In der Ferne vernahm ich den Verkehrslärm der Bundesstraße.

Freddy kam nicht wieder.

Der Zauber war vorbei, verflogen wie die frühen Nebelschwaden in diesen Tagen zwischen Sommer und Herbst.

Statt der Flötentöne krochen die Klänge eines Transistorradios in mein Ohr. »Anuschka! Liebe braucht die ganze Welt …«

Da wusste ich, dass das Lied dieses Sommers verklungen war.

Endgültig.

EINS

»Stunk bei Hoesch! Die Arbeiter wollen mehr Lohn.«

Schwungvoll warf der Reporter seine Ledertasche auf einen freien Stuhl und schüttelte die Tropfen aus den halblangen Haaren.

»Wahrscheinlich gibt's Streik.«

»Du bist zu spät, Luschinski!« Vorwurfsvoll sah ich auf meine Armbanduhr. »Wieder einmal!« Die letzte Viertelstunde hatte ich an meiner Bluna-Limonade genippt und zugesehen, wie Monika mit den Männern am Tresen scherzte. Ein Pärchen am Nebentisch schwieg sich an. Abgesehen davon war der karge Raum leer an diesem Abend des ersten September. Das Vereinsheim einer Kleingartenanlage war nicht der romantischste Ort für ein Stelldichein, doch Romantik war ohnehin nicht Luschinskis starke Seite.

Der Reporter gab Monika ein Zeichen, und kurz darauf stand ein frisch Gezapftes auf dem blank gescheuerten Holztisch. »Nicht böse sein, Martha!« Er zwinkerte mir zu. »Musste dem Vorstand von Hoesch auflauern und ihn nach seiner Meinung fragen.«

Wieder einmal verzieh ich ihm, schließlich waren wir Schicksalsgenossen. Meine Dienstzeiten richteten sich ebenfalls nicht nach der Stechuhr.

»Du bist die erste Gemeindepastorin in Dortmund, Martha«, betonte meine Freundin und Amtsschwester Rosi gerne. »Fräulein Pastor Martha Gerlach in Amt und Würden.«

Mehr noch als meine ungeregelten Arbeitszeiten störte mich die Zölibatsklausel. Bei einer Eheschließung musste ich meinen Dienst als Pastorin aufgeben. So wollten es die Kirchengesetze selbst im Jahr des Herrn 1969, das wir mittlerweile schrieben.

Ich verfluchte diese Regelung, bescherte sie mir doch einsame Abende und lange Nächte.

»Eine Gemeinde haben und gleichzeitig Familie? Wie stellst du dir das vor?« Rosi machte keinen Hehl aus ihrer Skepsis, wenn ich ihr von meiner Sehnsucht nach einem Gefährten erzählte. »Außerdem hast du den Richtigen bisher nicht gefunden.« Luschinski, einen eingefleischten Junggesellen, hielt sie nicht für einen geeigneten Bewerber.

Den Reporter focht das nicht an. Fröhlich erzählte er von den aufgebrachten Arbeitern, die nach einem heißen Sommer im Walzwerk mehr Lohn forderten. »Eine Erhöhung um zwanzig Pfennig die Stunde!« Nicht einmal die Gewerkschaft glaubte daran. Der Vorstand war bereit, fünfzehn Pfennig mehr zu zahlen, jedoch erst bei der nächsten Tariferhöhung. »Aber dieses Mal lassen die Stahlkocher nicht locker. Sie sind wild entschlossen!« Luschinski wischte sich den Bierschaum vom Mund und dozierte über die ungleiche Behandlung in den Hoesch-Werken seit der Zusammenlegung mit der Hüttenunion im Jahr 1966 und über die Umstellung von Leistungslohn auf Zeitlohn. »Du weißt schon, kein Zuschlag mehr für den Akkord.«

Ich gähnte, ohne die Hand vor den Mund zu halten.

»Langweile ich dich, Martha?«

»Ich erzähle auch nicht stundenlang von Kanzeldienst und Konfirmandenunterricht!«

Luschinski strich mir über die Wange. »Der Streik betrifft Tausende oder Zehntausende! Übrigens auch deine Schäfchen!« Er zwinkerte, weil er wusste, dass es mir missfiel, wenn er die Gemeindemitglieder als Wolle tragende Herdentiere bezeichnete. »Die Stahlhütte steht doch fast vor eurer Kirchentür!«

Der Mann am Nebentisch warf eine Münze in die Musikbox. »Anuschka«, ertönte der Schlager dieses Sommers. »Anuschka, Liebe braucht die ganze Welt …« Die Schwermut der russisch anmutenden Melodie übermittelte sich selbst durch den scheppernden Lautsprecher.

Luschinski winkte der Bedienung. »Ich muss wieder los!« Er legte ein Fünf-Mark-Stück auf den Tisch. »Stimmt so, Monika!«

Beim Herausgehen stieß ich mir das Knie an der roten Mütze eines Gartenzwergs. »Aua!«

»Heile, heile Segen!«, spottete Luschinski und bot an: »Kann ich dich mitnehmen?« Sein Käfer, von ähnlicher Farbe wie die

Zipfelmütze, stand vor dem Eingang. Dass man dort nicht parken durfte, interessierte den rasenden Reporter nicht.

»Danke. Ich bin mit dem Fahrrad hier.«

»Fahr vorsichtig. Es ist dunkel.«

»Ich habe vorne eine Lampe. Wann sehen wir uns wieder?«

»Weiß noch nicht.«

»Aha. Bist du wieder einer heißen Geschichte auf der Spur?«

Er legte mir kurz den Arm um die Schultern und zwinkerte mir zu: »Aber immer doch, Martha-Schätzchen!«

Es ging bereits auf halb neun Uhr zu, als ich die Tür meines Pfarrhauses aufschloss.

Ich öffnete das Fenster zum Westpark mit seinen hohen, alten Bäumen. Aus dem Park schollen Stimmen. Nachts trieb sich dort allerlei Gesindel herum: Gammler, Tippelbrüder und, wie man munkelte, neuerdings sogar Rauschgifthändler.

Was Freddy wohl machte? Vor einigen Tagen hatte ich ihn bei uns in der Gemeinde gesehen, in der Jugendgruppe meines Kollegen. Er unterhielt sich angeregt mit einem blonden jungen Mädchen, das sehr nah bei ihm stand. Die beiden schienen sich gut zu verstehen. Es versetzte mir einen Stich, dass er die Gleichaltrige mir vorzog. Kurz trafen sich unsere Blicke, aber er schaute so schnell wieder weg, als hätte ihn der Blitz getroffen.

Ich schloss das Fenster und nahm auf dem Sessel Platz. Wie schön wäre es, in eine warme, erleuchtete Wohnung zu kommen. Mein neuer Kollege aß wohl gerade mit seiner Frau zu Abend, und sie erzählten sich gegenseitig, was sie an diesem Tag erlebt hatten. Trautes Heim, Glück allein.

Nur ich lebte wie eine Einsiedlerin.

Während ich Kleidung für die Wäsche aussortierte und ein Kostüm für die Reinigung heraushängte, überlegte ich, ob tatsächlich ein Streik bevorstand. Viele Gemeindemitglieder arbeiteten bei Hoesch. Die meisten waren zufrieden. Der Stahlriese galt als sozial und räumte den Arbeitern Mitbestimmungsrechte ein, so hörte ich immer wieder bei meinen Hausbesuchen. Umso erstaunlicher erschien mir der angekündigte Arbeitskampf.

Doch Luschinski verfügte über zuverlässige Quellen. Wenn er behauptete, dass die Zeichen auf Sturm standen, dann stimmte es wohl.

Bereits am nächsten Tag war es so weit.

»Wilder Streik bei Hoesch«, sagte ein Sprecher im Radio. »Tausende von Arbeitern befinden sich seit heute Morgen im Ausstand. Allein dreitausend streiken auf der Westfalenhütte in Dortmund!« Während der Frühstückspause um neun Uhr waren sie zur Hauptverwaltung gelaufen.

Dreißig Pfennig mehr pro Stunde forderten die Arbeiter nun. Ich versuchte, die Summe hochzurechnen auf den Monatslohn, doch ich kam zu keinem Ergebnis. Ein Liter Benzin kostete weniger als sechzig Pfennig, doch ein Glas Nescafé schlug mit neun Mark achtundneunzig zu Buche. Für eine kleine Schachtel Camembert mussten dreiundneunzig Pfennig auf die Ladentheke gelegt werden.

Während im Mittagsmagazin berichtet wurde, schälte ich Kartoffeln und setzte einen Topf mit Wasser auf den Elektroherd. Den Kohleofen neben der Spüle, einen Küppersbusch, nutzte ich kaum noch.

Nun wurde über eine Ausweitung des Streiks spekuliert. »Fünfzehn Pfennig sind ein Witz!«, empörte sich ein Sprecher. »Die da oben können nicht machen, was sie wollen!« Mittlerweile belagerten immer mehr Arbeiter die Hauptverwaltung und trommelten mit den Schutzhelmen gegen das Treppengeländer.

Die Kartoffeln waren halb gar. Ich nahm einen Ring Fleischwurst aus dem Kühlschrank, schnitt ihn in dicke Scheiben, die ich panierte. Ungeduldig blickte ich auf die Küchenuhr. Schon sieben nach eins. Rosi, die sich zum Mittagessen angekündigt hatte, verspätete sich selten, doch heute ließ sie auf sich warten. Ich nahm die Pfanne vom Herd und deckte den Kartoffeltopf mit einem Handtuch zu. Mit erzwungener Ruhe zählte ich die Blumen auf der verblichenen Tapete, die ich längst hatte auswechseln wollen.

Endlich, um kurz nach halb zwei, klingelte es.

»Entschuldige«, sagte Rosi, als sie die Wohnung betrat. Sie war noch ganz außer Atem. »Ich bin von einer alten Dame aufgehalten worden. Sie war ganz aufgeregt wegen des Streiks!« Rosi arbeitete als Pastorin in einem Altersheim.

»Bei Hoesch?«

»Du weißt Bescheid?«

»Das Radio berichtet schon den ganzen Tag.«

»Ihr Sohn ist einer der Vertrauensleute. Hier, bei dir um die Ecke, auf der Stahlhütte. Sie macht sich Sorgen, dass er entlassen wird. Sie ist auf seiner Seite. Meint, man müsse für seine Rechte kämpfen!«

»Und was hältst du davon?«

Rosi strich die kurz geschnittenen grauen Haare hinter das Ohr und streckte ihre langen Beine aus.

»Irgendwie kann ich's verstehen. Sie malochen ohne Ende und können kaum ihre Familien ernähren.«

»Bist du unter die Sozis gegangen?«

Ich lud Kartoffeln, Wurst und Kohlrabi auf unsere Teller.

»Das Essen ist kalt geworden.«

Nach dem Tischgebet nahm Rosi den Faden wieder auf.

»Weißt du überhaupt, was ein Stahlkocher in der Lohntüte hat?«

»Nein. Wie viel?«

»Achthundert Mark im Monat, vielleicht neunhundert, wenn's hochkommt, tausend!«

Ich verglich diese Summe mit meinen Bezügen, die deutlich im vierstelligen Bereich lagen, auch wenn sie niedriger waren als die des männlichen Kollegen.

»Zum Leben zu wenig, zum Sterben zu viel.«

Nach der Mahlzeit setzte ich Wasser für einen Bohnenkaffee auf. Durch das geöffnete Fenster hörten wir die Kinder im Westpark. Ein vorwitziges Eichhörnchen kletterte den Baumstamm hinauf und verschwand in der Baumkrone. »In The Ghetto«, klagte Elvis Presley aus dem Radio. Anschließend erklärte ein Sprecher, dass sich der Betriebsrat mit den streikenden Arbeitern solidarisiere und ihre Forderungen unterstütze.

»Endlich!«, seufzte Rosi und nahm sich einen Apfel aus der Obstschale. Statt hineinzubeißen, fragte sie: »Hast du ein Hümmelchen?«

»Hümmelchen?«

»Messer. Schälmesser. Sagt man so im Kohlenpott.«

Während sie die Apfelschale kunstvoll wie eine Girlande schnitzte, kündigte ein Rundfunksprecher den Betriebsrat Stankow an.

Stankow?

Diesen Namen hatte ich schon gehört.

Mir fiel nur nicht ein, bei welcher Gelegenheit.

Ich lehnte das Fahrrad an den Zaun. Das Gartentor knarrte beim Öffnen. Aus der Laube holte ich einen Lappen und wischte damit über die Holzbank. Ich nahm Platz zwischen Dahlien und Sonnenblumen, legte den Kopf in den Nacken und ließ meine Gedanken mit den Wolken treiben, die am Himmel vorbeizogen. In den benachbarten Gärten krakeelten Kinder und kickten Bälle gegen den Zaun.

Und über allem schwebten wieder silbrige Flötentöne. Ich versuchte, die Musik zu orten. Sie schien aus einem der Nachbargärten zu kommen, doch ich entdeckte den Spieler nicht. Mozarts »Königin der Nacht« entfaltete ihre Magie. War es Zufall, oder wusste Freddy, dass ich mich hier aufhielt?

Da begann es zu regnen, und die Töne verstummten. Ich suchte Schutz in der Hütte.

Noch bevor sich meine Augen an das Halbdunkel im Innern gewöhnt hatten, öffnete sich die Tür. Freddy kam herein, länger und schlaksiger, als ich ihn in Erinnerung hatte.

»Guten Tag, Freddy!«

Er ließ die Tür hinter sich zufallen.

»Tag, Martha«, sagte er rau, mit einer sehr dunklen Stimme, die nur noch wenig von dem unsicheren Jungen spüren ließ. Nie zuvor hatte er mich mit Vornamen angeredet. Seine Augen, umrahmt von langen Wimpern, glänzten im schwachen Licht.

Er näherte sich mir bis auf Armlänge.

»Wir haben uns lange nicht gesehen«, stammelte ich.

»Ich weiß«, flüsterte er.

So standen wir uns gegenüber, während der Regen auf das Blechdach trommelte. Ich spürte seinen Atem, der nach Waldboden mit einer Prise von Pfefferminz duftete.

Er war größer als ich, und so hob ich den Kopf, während er seinen senkte. Unsere Nasenspitzen berührten sich. Ich verharrte. Dann hob ich meine herabhängenden Arme, legte ihm die Hände auf die Schultern, schob sie weiter hinter die Schulterblätter und ließ sie langsam den Rücken hinuntergleiten.

Sein Atem beschleunigte sich, vermischte sich mit meinem. Meine Stirn fand für einen Augenblick Halt in seiner Halsmulde. Ich schaute auf, und in diesem Moment wandte er mir sein Gesicht zu. Unsere Lippen fanden sich, sanft und zärtlich. Der Kuss löste einen Schwindel bei mir aus, seine Arme umfingen mich. Später ließen wir uns auf einer Couch nieder, die muffig roch. Nicht einmal das störte mich. Ich schloss die Augen und gab mich dem Moment hin, gleichgültig, was daraus werden würde.

Unverhofft löste er sich und sagte scharf: »Nein!«

»Was hast du, Freddy?« Ich strich mir eine Haarsträhne aus dem Gesicht. Er hatte die Lippen aufeinandergepresst. Die Augen starr auf mich gerichtet, schien er durch mich hindurchzublicken.

Ich erschrak über die Härte in seiner Miene.

»Das dürfen wir nicht! Das darf nicht sein …«, rief er mit metallisch klingender Stimme. »Nein, das dürfen wir nicht … Das ist Unzucht!« Es klang trotzig und unsicher zugleich. Nun kam wieder der kleine Junge zum Vorschein. Ehe ich michs versah, sprang er auf, öffnete die Tür und rannte hinaus in den Regen.

Verstört blieb ich zurück.

Neben der Couch lag die rote Stofftasche. Sie war leer.

Ich hielt sie an mein Gesicht. Sie roch nach einer Mischung aus Schweiß, getragener Kleidung und Grasboden.

Wie Freddy.

ZWEI

Am nächsten Tag entdeckte ich, dass an meinem neuen roten Mantel ein Knopf fehlte. Ich machte mich auf den Weg in die Innenstadt, um bei Hertie in der Kurzwarenabteilung nach Ersatz zu suchen. Zu meinem Bedauern gab es diese Sorte nicht; ich musste mich mit etwas Ähnlichem begnügen. Anschließend gönnte ich mir ein Kännchen Kaffee in der Innenstadt.

Als ich den Rückweg antreten wollte, füllten sich die Straßen mit Hunderten, vielleicht sogar Tausenden von Arbeitern in Blaumännern. »Dreißig Pfennig je Stunde! Dreißig Pfennig je Stunde!«, riefen sie. Einige trugen Plakate. Passanten klatschten Beifall. »Die Männer haben recht«, sagte die Frau neben mir zufrieden. »Fette Dividenden und karge Löhne, das geht nicht! Jetzt kommen sie von der Stahlhütte und von der Westfalenhütte und treffen sich mitten in der Stadt.«

»Dreißig Pfennig je Stunde! Dreißig Pfennig je Stunde«, tönte es wieder gewaltig aus den Kehlen. Nun konnte auch ich die Schrift auf den Schildern entziffern. »Alle Räder stehen still, wenn der Arbeiter es will!« Immer mehr Männer strömten auf den Markt, fröhlich und laut. Nur wenige Frauen waren mit von der Partie, Freundinnen oder Ehefrauen, vermutete ich. »Harders muss weg! Harders muss weg!«, hörte man. »Der Vorstandsvorsitzende«, klärte mich die gut informierte Dame auf. »Der hat ihnen nichts gegönnt. Jahrelang! Jetzt wehren sie sich. Recht so!« Ein Sprecher versuchte, sich mit Hilfe eines Megafons verständlich zu machen. Wortfetzen drangen an mein Ohr: »Westfalenhütte … heißer Sommer … mehr Lohn sofort!« Vielstimmig schallte es herüber: »Harders raus … Ausbeuter!« Männer umarmten sich. Helme wurden hochgeworfen. Es war ein beeindruckendes Schauspiel.

»So ein Tag, so wunderschön wie heute!«, pfiff mein Kollege unmelodiös vor sich hin. Ernst Skendzik hieß er, und nicht nur wegen seines unaussprechlichen Namens duzte er sich mit allen.

Seit einigen Monaten arbeitete er als Pfarrer in unserer Gemeinde. Er ersetzte Kruse, den alten Hagestolz, der sich mit Frauen im Pastorenamt nie hatte abfinden können. Nun hatte die Gemeinde mit dem jungen Kollegen ein modernes Gesicht erhalten.

»Wir haben dich gestern im Helferkreis vermisst«, sagte Ernst mit seiner warmen Bassstimme, die im Kontrast zu seiner schmächtigen Gestalt stand.

Ich schlug mir die Hand vor den Mund. »Den Helferkreis habe ich verpasst.« Lahm schob ich hinterher: »Es hat plötzlich gegossen, und ich musste mich unterstellen.« Das stimmte nur zum Teil. Tatsächlich war ich stundenlang im Regen umhergeirrt, Freddys rote Stofftasche an mich gedrückt, unfähig, nach unserer Begegnung einen klaren Gedanken zu fassen. Als ich zurück in meiner Wohnung war, vermisste ich die Stofftasche. Ich musste sie unterwegs verloren haben. Nachts hatte ich mich gewälzt, hin- und hergerissen zwischen süßer Sehnsucht und peinigender Reue. Freddy war minderjährig, und ich bekleidete ein verantwortliches Amt. Wie hatte das passieren können? In den frühen Morgenstunden war ich in einen unruhigen Schlaf gefallen, belastet von Alpträumen und düsteren Vorahnungen.

Der Kollege begann wieder zu pfeifen.

»Schön, dass du so fröhlich bist!«, fuhr ich ihn an. »Gibt es einen Grund?«

»Die Stahlkocher haben gewonnen! Nach der Demonstration hat der Vorstand Nerven gezeigt. Am Verwaltungsgebäude hing eine Stoffpuppe mit dem Namen des Vorsitzenden Dr. Harders!« Er grinste. »Die Hoesch-Manager haben nachgegeben. Dreißig Pfennig mehr in der Stunde! Ein schönes Ergebnis! Gerade eben wurde es im Radio bekannt gegeben. Jetzt haben sie die Arbeit wieder aufgenommen. Und sie feiern! ›So ein Tag, so wunderschön wie heute …‹«, intonierte er. Gesungen klang es besser als gepfiffen. »Hat sich ja angebahnt. Ich war einige Male auf der Hütte in den letzten Wochen, und da waren die Arbeiter sehr unzufrieden. Sie wollten mehr Lohn und fühlten sich vom Vorstand hingehalten. Aber dass es jetzt so schnell geht …« Er reichte mir ein Blatt. »Ich habe ein Grußwort der Kirchengemeinde verfasst, es wird gerade übermittelt. Willst du mal lesen?«

Ich überflog den getippten Text: »… erklären uns solidarisch … freuen uns mit der arbeitenden Bevölkerung über den Abschluss …«, las ich. »Müsste das Presbyterium dem nicht zustimmen? Die nächste Sitzung ist erst wieder in zwei Wochen.«

»Ach wo, das habe ich schon geregelt. Presbyter Rabenau steht dahinter und ein oder zwei andere ebenfalls. Das ist kein Problem.«

Ich runzelte die Stirn. Hätte er mich als dienstältere Pastorin nicht ebenfalls fragen sollen? Prüfend sah ich ihn an, einen gut aussehenden Mann mit dunklen halblangen Haaren und blassem Gesicht.

Im Büro klapperte unsere Schreibkraft auf der Maschine, einen Stift hinter das Ohr geklemmt, sodass ihr glänzender Bubikopf bestens zur Geltung kam.

Auch sie summte vor sich hin. »Mein Männe bekommt jetzt mehr Geld«, sagte sie freudig. »Wo wir uns doch bald was Kleines anschaffen wollen!«

Also würden wir uns wieder nach jemand Neuem umsehen müssen. Die vierte Bürokraft innerhalb von fünf Jahren.

Sie hackte weiter in die Tasten. Ernst klopfte ihr auf die Schulter und sagte: »Wird schon werden!«

Im Gemeindesaal waren die Tische eingedeckt. Ich nahm am Kopfende Platz und ließ mir Kaffee einschenken. »Uns hat damals auch keiner was geschenkt, nach dem Krieg«, meinte Hildchen Kruse, die Leiterin der Frauenhilfe, und reichte mir die Büchsenmilch. »Wir mussten uns alle nach der Decke strecken.«

»Ach«, erwiderte ihre Nachbarin und schaute bedächtig auf die vielen Ringe an ihrer Hand, »ich sach immer: leben und leben lassen, was?«

Abends klingelte es Sturm. Ich öffnete das Toilettenfenster, wie ich es mir zum Schutz vor unliebsamen Besuchern angewöhnt hatte, und rief: »Wer ist da?«

»Martha, mach auf!«

»Luschinski?«

»Hier brauch wer Hilfe!« Es klang so undeutlich, als hätte der Reporter ordentlich getankt.

»Ich komme!«

Unten lehnte jemand an der Mauer. Ich kannte ihn nicht. Im schwachen Licht sah ich, dass er einen Blaumann trug. Der Mann hatte Schlagseite. Seine Alkoholfahne konnte ich riechen, noch bevor ich aus der Tür getreten war.

»Der hat einen überfahren!«, sagte Luschinski und zeigte mit dem Kopf in seine Richtung.

Kein Wunder in diesem Zustand, dachte ich.

»Mit dem Auto?«

»Nee, mitm Zug«, sagte der Mann mit hängendem Kopf.

»Wie ist denn das passiert?«, fragte ich. Der Mann war in sich zusammengesunken und gab keinen Ton von sich.

»Haben Sie mich verstanden?«, hakte ich nach.

»Is passiert.«

»Der ist Lokführer auffe Stahlhütte. Nachm Streik haben die Stahlkocher den Abschluss gefeiert. Haben sich einen verlötet, du weiß schon«, erklärte Luschinski. »Dann wollt er noch schnell die Ladung wegbringen und ist los mit der Diesellok. Hat einen platt gefahren.«

»Was heißt das? Gibt es Tote?«

»'n Jungen. Lag auffe Gleise. Konnt nich mehr bremsen.« Luschinski bekam Schluckauf. »Muss jetzt los, Martha. Der wohnt nebenan, bring ihn nach Hause! Erklär's der Frau!« Ungeschickt klopfte er mir auf die Schulter. »Du machs das schon, Martha!«

»Warte! Wen hat er überfahren?«

»Den Sohn von irgendwem. Von einem bei Hoesch, Betriebsrat. Stankow oder so!«

»Stankow?«, fragte ich, mehr an mich selbst gerichtet. Jetzt fiel es mir wieder ein.

Freddy hieß mit Nachnamen Stankow.

Mein Herz klopfte, und ich spürte meine Hände feucht werden. »Herr Jesus! Lass es nicht Freddy gewesen sein!«, sandte ich ein Gebet zum Himmel. »Alles, nur das nicht!«

Vor meinem geistigen Auge erschien der große junge Mann mit den hellen Haaren, dem sensiblen Mund und dem virtuosen Flötenspiel.

Und nun sollte er tot sein?

Hatte ihn der Volltrunkene vor meinem Haus auf dem Gewissen?

Angeekelt sah ich, wie er sich übergab. Das Erbrochene lief zähflüssig an der Wand hinunter.

»Luschinski!«, brüllte ich wütend, doch der Reporter war bereits verschwunden.

Der Betrunkene richtete sich auf. Eine säuerlich riechende Wolke wehte zu mir herüber.

»'tschuldigung!«, nuschelte er und wischte sich mit der Hand über den Mund.

Mir drehte sich der Magen um. Hilflos, wie er war, konnte ich den Mann nicht einfach stehen lassen.

»Wie heißen Sie? Wo wohnen Sie?«

»Bönke. Gestatten, Bönke!«, sagte er in dem verspäteten Versuch, die Form zu wahren.

»Wohin müssen Sie?«

Statt einer Antwort wankte er aus dem Eingang hinaus und wandte sich nach rechts. Widerwillig folgte ich ihm. Zwei Häuser weiter blieb er vor der Tür stehen.

»Wohnen Sie hier?«

»Jau.« Hilfesuchend sah er mich an.

In der Dunkelheit konnte ich die Namen auf den Klingelschildern nicht entziffern.

»Haben Sie einen Schlüssel dabei?«

Er kramte in der Hosentasche. »Find keinen.«

»Welche Klingel?«

»Unten.«

»Rechts oder links?«

»Weiß nich!«

Rechts unten stand ein kürzerer Name. Ich drückte auf den Knopf. Nichts regte sich. Beim zweiten Versuch ertönte der Türsummer. Wir betraten den Hausflur. Die rechte Wohnungstür stand einen Spaltbreit offen.

»Frau Bönke? Ich bringe Ihren Mann.«

In der Tür erschien eine kleine Frau mit platt gedrückter Lockenfrisur, deren Kittelschürze Flecken aufwies.

»Hermann! Wo kommst du jetzt her!«, schalt sie. »Und betrunken biste auch noch. Schon wieder!«

Endlich nahm sie Notiz von mir. »Wer sind Sie denn? Was wollen Sie hier?«

»Es hat einen Unfall gegeben«, berichtete ich. »Ihr Mann hat einen jungen Mann überfahren. Mit der Lok.«

DREI

»Halt! Wo wollen Sie hin? Haben Sie einen Passierschein?«, rief mir der Pförtner zu.

»Braucht man so etwas?« Ich war davon ausgegangen, dass der Zutritt zum Gelände des Stahlwerks an der Rheinischen Straße frei war. Hatte ich hier nicht schon Dutzende von Menschen ein und aus gehen sehen?

»Selbstverständlich brauchen Sie einen Passierschein.« Er ließ die Hosenträger schnalzen, die über das ehemals weiße Hemd gespannt waren. Sein Sakko hing über der Stuhllehne.

»Welchen Namen darf ich eintragen?«

»Martha Gerlach.«

»Zu wem wollen Sie?«

»Zu Herrn Stankow«, sagte ich auf gut Glück. »Dem Betriebsrat. Ist er im Haus?« Meines Wissens arbeitete Stankow auf der Stahlhütte und nicht auf der Westfalenhütte im Norden. Im Norden die Horden, schoss es mir durch den Kopf. Nach einer schlaflosen Nacht wollte ich mir Gewissheit verschaffen. War Freddy das Opfer? Und falls es so war, wusste der Vater bereits davon?

»Mal sehen.«

Ich betrachtete die Anzeigetafel am Werkstor. Der Konzern stellte ein. Hoesch suchte Betriebsschlosser, Fräser, Walzwerksarbeiter, Former, Radio- und Fernsehmechaniker, Rangierer, Hochofenarbeiter.

Die Stahlbranche schien zu florieren.

Während der Pförtner noch in seinem Telefonbuch blätterte, hielt ein Streifenwagen vor der Schranke.

Zwei Männer in Uniform sprangen heraus. »Tach!«, sagte der größere der beiden. »Hat Meldung über einen Unfall hier gegeben!«

Der Pförtner hob den Hörer an sein Ohr. Sein Ärmel rutschte bis zum Ellbogen hinauf.

»Kommt gleich jemand«, sagte er, nachdem er wieder aufgelegt hatte.

Als ein Herr im grauen Anzug die Polizisten abholte, schlüpfte ich mit hinein. »He!«, rief der Pförtner mir nach.

Doch ich folgte dem Grauen.

Erst beim Eintritt in das Verwaltungsgebäude bemerkte er mich. »Wer sind Sie denn?«

»Gestatten, Gerlach. Pastorin Gerlach«, gab ich Auskunft.

»Eine Pastorin?«, wunderte er sich. »Gibt es auch Frauen, die dieses Amt bekleiden? Was wollen Sie hier?«

»Ich habe eine Frage: Der Junge, der gestern überfahren wurde, war das Freddy Stankow?«

Die Miene des Grauen blieb undurchdringlich. »Darüber darf ich keine Auskunft geben.« Unter dem Lichtschacht bemerkte ich dunkle Ringe unter seinen Augen.

»Hören Sie! Er war in meiner Gemeinde. Ich habe den Jungen konfirmiert! Ich …«

»Schon gut. Es war Friedrich Stankow. Der Sohn vom Betriebsrat.«

Nun hatte ich Gewissheit. Bittere Gewissheit.

»Befindet sich der Vater im Haus?«, fragte ich mit brüchiger Stimme.

»Dritter Stock, links den Gang hinunter!«

Mit zitternden Knien stieg ich langsam die breiten Treppen hinauf. Unterwegs hielt ich mich am Holzgeländer fest und atmete tief durch.

Es roch nach Bohnerwachs.

Am Ende des Korridors entdeckte ich schließlich eine Tür mit dem Namen »Stankow«. Zaghaft klopfte ich an. Als keine Antwort kam, versuchte ich es noch einmal.

»Herein!«, ertönte schließlich eine kräftige Männerstimme.

Der hagere Mann führte zuerst sein Telefonat zu Ende. »Das will ich hoffen, Winkler! Sie werden das Kind schon schaukeln.«

Mit einer Drehung des Stuhls wandte er sich mir zu. Er war Freddy wie aus dem Gesicht geschnitten. »Guten Morgen! Was führt Sie zu mir?« Er stutzte. »Ich kenne Sie!«

»Gestatten, Gerlach!«

Stankow erhob sich hinter dem Schreibtisch. Ich näherte mich und reichte ihm die Hand. Er nahm sie mit unerwartet laschem

Händedruck. Danach sank er wieder in den Bürostuhl. »Kommen Sie wegen Freddy?«

Also wusste er es bereits.

»Mein herzliches Beileid zum Tod Ihres Sohnes, Herr Stankow. Das ist ein tragisches Unglück. Ich habe Freddy konfirmiert.«

»Deshalb kommen Sie mir bekannt vor.« Er rieb sich das Kinn. »Fräulein Gerlach? Fräulein Pastor Gerlach? Freddy hat von Ihnen erzählt.«

»Tatsächlich?«, krächzte ich. »Was denn?«

»Dass er Ihnen auf der Flöte vorgespielt hat.«

»Ja«, flüsterte ich.

»Es hat ihm viel bedeutet, sehr viel sogar.« Seine Stimme klang bewegt.

Das Telefon schrillte. Stankow hob nicht ab. Er wartete, bis es aufhörte zu läuten.

»Und nun kommen Sie wegen der Beerdigung?«, fragte er in die Pause hinein. Im Hintergrund hörte ich den Lärm des Stahlwerks.

»Ich wollte kondolieren. Es tut mir sehr, sehr leid um Freddy.«

Er wandte den Kopf zur Seite; offensichtlich rang er um Fassung. Eine Weile später fragte er: »Haben Sie Zeit?«

Als ich nickte, sagte er: »Kommen Sie, ich will Ihnen etwas zeigen!«

Als wir das Verwaltungsgebäude verließen, drang der Krach ungefiltert an unsere Ohren. Von allen Seiten hämmerte und dröhnte es. Plötzlich setzte ein starkes Rauschen ein. »Das Martinwerk«, brüllte Stankow. »Das Gebläse läuft!«

Vor einer Baracke machten wir halt.

»Einen Moment!«, sagte Stankow und wollte mich stehen lassen. Dann überlegte er es sich anders. »Ach was. Kommen Sie mit rein. Wird wohl keiner in der Waschkaue sein, mitten in der Schicht.«

Wir betraten einen kahlen Raum mit Steinboden und gekachelten Wänden. Zielstrebig ging Stankow auf die Wand mit den Spinden zu und öffnete eines der Vorhängeschlösser. Er wühlte in dem Fach, bis er schließlich eine dünne Mappe fand, von der Art, in der Unterlagen von Büro zu Büro gereicht wurden. Zu meinem Erstaunen entnahm er ihr Notenblätter.

»Königin der Nacht«, las ich, »von Wolfgang Amadeus Mozart. Freddys Noten?«

»Ja! Schauen Sie mal!«

»Der Hölle Rache kocht in meinem Herzen! Tod und Verzweiflung flammet um mich her! – Was für ein Text!« Beklommen schaute ich auf das Blatt.

»Sie heißen doch Martha, oder?«

Als ich nickte, wies er mit dem Zeigefinger auf zwei an den Rand gekritzelte Worte. »Für Martha!«

Im Geiste hörte ich wieder die virtuose Melodie, die sich in unglaubliche Höhen schraubte. Vielleicht war es das letzte Stück, das Freddy in seinem Leben gespielt hatte.

Hatte er mich als Königin der Nacht gesehen, faszinierend und bedrohlich?

»Hat wohl ein wenig für Sie geschwärmt, mein Sohn!« Stolz schwang in seiner Stimme mit. »Einen guten Geschmack hat der Junge!«

Irritiert wechselte ich das Thema. »Haben Sie Freddys Flöte gefunden?«, fragte ich leise.

»Wie bitte?« Er hielt die Hand an das Ohr. Die einfach verglasten Fenster schützten nur unzureichend vor dem Lärm.

»Die Flöte?«, rief ich gegen die Geräuschkulisse an.

Stankow zuckte mit den Schultern. In diesem Moment öffnete sich eine der Türen, und ein Mann kam aus dem Waschraum, die Arbeitskleidung über den Arm gehängt. Er runzelte die Stirn, als er mich sah. Mit Damenbesuch hatte er offensichtlich nicht gerechnet.

»Beileid«, sagte er zu Stankow und drückte ihm kurz die Hand. »Schon wieder auf Arbeit?«

»Zu Hause kommt man nur ins Grübeln.« Für einen Moment bröckelte die Fassade. Dann hatte er sich wieder im Griff.

Mit seinem Sakko wirkte Stankow wie ein Fremdkörper. Doch auch ich trug mein dunkles Kostüm für Trauerfälle, einen schmal geschnittenen Rock mit Kellerfalten und einen passenden Blazer.

»Ich ziehe mich um!« Stankow holte einen Blaumann aus dem Spind.

Dann musterte er mich von oben bis unten. »Mal schauen, ob

ich für Sie auch was zum Überziehen finde. Ist überall staubig hier. Wär schade um das Kostüm.«

Er zog die Tür seines Spinds auf und reichte mir einen blauen Mantel. »Probieren Sie's an!«

Während ich in den nicht ganz sauberen Kittel schlüpfte, verschwand er in der Umkleide. Ich roch Männerschweiß, vermischt mit Staub. Im offenen Spind sah ich ein Pin-up-Girl, eine Brünette mit entblößten Brüsten.

Als Stankow zurückkam, räusperte er sich. »Für eine Pastorin kaum die richtige Umgebung«, sagte er. »Männerwirtschaft.«

Das blaue Leinen ließ ihn zünftig wirken. Er setzte einen Helm auf die Halbglatze, griff nach einem zweiten. Dabei blickte er mich prüfend an und stellte das Schweißband enger.

»Wird wohl passen«, kommentierte er und reichte mir den Kopfschutz.

»Zum Laufen ist es zu weit. Warten Sie!«

Einige Minuten später kehrte er mit zwei Fahrrädern zurück. »Ich habe sogar ein Damenrad auftreiben können. Für Sie.«

Ein Gabelstapler schob Bierkästen über das Gelände.

»Noch von der Feier gestern?«, rief ich gegen die Maschinengeräusche an.

Stankow nickte. »Haben ordentlich gebechert. Ist zwar nicht erlaubt im Werk, aber gestern wurde ein Auge zugedrückt.« Wieder entgleisten seine Gesichtszüge für einen Moment, wahrscheinlich, weil er an seinen Sohn dachte. »Früher habe ich auch getrunken. Jetzt nicht mehr!«

Wir fuhren an riesigen Hallen vorbei und überquerten Eisenbahnschienen, begleitet vom Lärm der Walzstraße und kräftigen Gerüchen nach Staub, Stahl und Rost. Gewaltige Stahlkonstruktionen überragten die Gebäude, überall rollten Kräne. Längst schon hatte ich den Überblick verloren. Das Werksgelände bildete eine Stadt für sich. Lkws und Tieflader bretterten geräuschvoll über die Straßen, die von Gleisen gequert wurden. Die Bahnübergänge waren nicht gesichert, doch der Lokführer hupte, sobald der Güterzug die Straße kreuzte.

Unter die Räder eines solchen Zugs war Freddy geraten. Nicht einmal der tödliche Unfall hatte den emsigen Betrieb zum Stillstand gebracht.

Vor einem Backsteingebäude hielten wir. Nun lärmte es nicht mehr aus den Werkshallen, stattdessen rumpelte es.

»Der Güterbahnhof. Der Umschlagplatz in Richtung Hafen.«

»Hier ist es passiert?«, fragte ich.

»Kurz davor.«

Stankow lehnte sein Rad an die Mauer und nahm mir meines ab. Eine voll beladene Eisenbahn stand zur Abfahrt bereit, doch das Signal ertönte nicht. Der Lokführer war ausgestiegen und redete mit einem der zwei Polizisten, die ich am Eingang gesehen hatte.

Stankow wurde blass. »Polizei. Natürlich.«

Der Größere der beiden kam auf Stankow zu. »Mein Beileid.«

Sie hatten das Gelände mit rot-weißem Band markiert. »Wir gehen davon aus, dass es Selbstmord war«, sagte er. »Hat Ihr Sohn jemals darüber gesprochen? Gab es Anzeichen, dass es ihm nicht gut ging?«

Stankow räusperte sich. »Nicht, dass ich wüsste. Er hat bei meiner Geschiedenen gelebt.«

»Wissen Sie, wie er auf das Werksgelände gekommen ist? War er öfter hier?«

»Er hat mich das ein oder andere Mal besucht. Der Pförtner kannte ihn. Hat ihn durchgelassen.« Der Graue, dem ich im Verwaltungstrakt begegnet war, stand unbeteiligt daneben.

Der kleinere Polizist betrachtete die Schienen. »Wie lang ist der Bremsweg?«, fragte er den Lokführer, einen älteren Mann.

»Kommt drauf an, wie schnell, wie lang, wie beladen …«

»Ungefähr?«

»Vierzig, fünfzig Meter vielleicht.« Der Lokführer kratzte sich am Kopf. »Wenn er schneller fährt, mehr. Das kann dauern, bis das Ding zum Stehen kommt. Aber vorm Bahnhof hat er sicher Gas weggenommen.«

»Bedauerlich, dass der Kollege heute nicht im Werk ist.«

»Feiert krank.« Kein Wunder, dachte ich, betrunken, wie er war, und dann noch der Schock.

Stankow hatte sich abgewendet.

»Hätte er rechtzeitig bremsen können, nachdem er … das Hindernis … auf den Schienen gesehen hat?«

Der Lokführer brummelte: »Kann sein, kann nich sein …«

»War Alkohol im Spiel?«

Der Angesprochene kratzte sich wieder am Kopf. »Kann ich nich sagen. War gestern nich auf Schicht.«

»Ach, kommen Sie! Es wurde gefeiert, und da wird auch gesoffen!«

»Da weiß ich nix von«, beharrte der Arbeiter.

Ich besah mir die Lokomotive, die vor die Waggons gespannt war, genauer. Ein Ungetüm, hoch wie zwei oder drei Mann, mit gewaltigen Puffern vorne. Sie würde jeden menschlichen Körper zermalmen.

Stankow schien Ähnliches zu denken. »Hat er leiden müssen?«, fragte er leise.

Der Polizist räusperte sich. »Es ging wohl sehr schnell. Genaues wissen wir noch nicht. Die Ergebnisse der Obduktion liegen bisher nicht vor.«

»Ich verstehe es nicht«, sagte Stankow mehr zu sich selbst. »Er hatte noch so viel vor. Warum?«

»Ich verstehe es auch nicht«, erwiderte ich. »Er war so ein netter Junge. Es tut mir sehr, sehr leid.«

Langsam liefen wir an den Schienen entlang.

Plötzlich fiel mir etwas Rotes ins Auge. Beim Näherkommen sah ich, dass es eine Stofftasche war. Freddys Flötentasche.

War es die gleiche, die ich vor zwei Tagen unterwegs verloren hatte, oder sogar dieselbe? Ich hob sie auf und befühlte sie vorsichtig. Sie war feucht und roch muffiger als an dem Abend, an dem Freddy aus der Laube geflohen war. Vielleicht hatte sie bereits eine Weile hier gelegen, aufgeweicht vom Regen.

Ich reichte den Beutel weiter an Stankow. In seinen Augen glitzerte es verdächtig. Wieder wandte er den Kopf ab und sagte lange nichts. Als er mich wieder ansah, bemerkte ich, dass seine Augenränder leicht gerötet waren.

Er holte ein zerknülltes Taschentuch hervor und schnäuzte sich hinein. »Freddy hat immer hier gesessen und gespielt«, sagte er. »Wollte damit die Welt verschönern.«

»Ich weiß. An der Emscher hat er auch gespielt. Mitten im Abwassergestank.« Nun kamen auch mir die Tränen. »Wo die Flöte wohl ist?«

»Das weiß Gott allein. Obwohl – für den sind ja Sie zuständig.« Der Anflug eines Lächelns zeigte sich auf den hageren Zügen, auf denen die Tränen ihre Spuren hinterlassen hatten.

Der kleinere der beiden Polizisten näherte sich. »Gehörte das Objekt dem Verunfallten?«

Stankow nickte.

»Dann muss ich es mitnehmen.«

Er streckte die Hand aus. »So leid es mir tut.«

VIER

»Der Herr ist mein Hirte. Mir wird nichts mangeln. Er weidet mich auf einer grünen Aue und führet mich zum frischen Wasser.« Es war ein schöner Taufspruch, den ich mit Füllfederhalter auf die Urkunde schrieb. Den Psalm 23 hatte ich für Peter ausgesucht, ein Gedicht des Vertrauens, das ihn im Leben begleiten sollte. Peter war das dritte Kind eines Paares in der Siedlung. Zu fünft lebten sie in einer Zweieinhalb-Zimmer-Wohnung. Der Ehemann war Arbeiter und ernährte die Familie allein, und für den Säugling fehlte es an allem: an Kleidung und an einem Kinderwagen, da bei dem alten die Achse gebrochen war. Vielleicht konnte die Gemeinde aushelfen.

Mitten in meine Überlegungen hinein schellte es. Obwohl es noch heller Tag war, ging ich automatisch zur Toilette und öffnete das Fenster.

»Ja, bitte. Wer da?«, rief ich hinaus.

»Machen Sie auf!«, rief eine schrille Stimme. Vorsichtig streckte ich den Kopf zum Fenster hinaus und betrachtete die Besucherin. Es handelte sich um eine beleibte Frau, an deren blondem Scheitel ein dunkler Ansatz sichtbar war. Jetzt sah sie hoch. »Ich muss mit Ihnen reden!«, rief sie. Ich betätigte den Türsummer.

Erstaunlich leichtfüßig lief sie die Treppe herauf.

»Das Fräulein Pastor!«, rief sie außer Atem, als sie oben war. Sie ließ ihren Blick an mir herabgleiten. »Schick und schön! Ein appetitlicher Anblick!«

»Wie bitte?« Ich sah an mir herab. Das Kostüm hatte ich gegen ein einfaches Hauskleid aus Jersey getauscht. Meine dunklen Haare hingen formlos herunter.

Die Korpulente lachte auf. »Um der Jugend den Kopf zu verdrehen, reicht's alle Male!«

Ich zuckte zusammen. Die Frau kam mir bekannt vor, aber ich konnte sie nicht einordnen. Sie wirkte nicht ungepflegt, doch nachlässiger als die jungen Mütter mit den toupierten Haaren, die, selbst in bescheidenen Verhältnissen, sehr auf ihr Äußeres achteten.

»Meinem Sohn haben Sie ganz schön eingeheizt!«

Jetzt wusste ich, wer sie war. »Kommen Sie herein. Dann können wir in Ruhe reden.«

Im Amtszimmer zog sie eine schmale Zigarette aus einer Schachtel und zündete sie an, ohne um Erlaubnis zu bitten.

»Mein herzliches Beileid, Frau Stankow. Das mit Freddy tut mir leid.«

»Jaja, das glaub ich wohl! War 'n echtes Zuckerstückchen, was! Den hätt ich mir auch geschnappt!«

»Frau Stankow, ich muss doch sehr bitten!« Ich konnte nicht verhindern, dass mir die Röte in die Wangen kroch.

»Auf einmal so schamhaft?« Erneut auflachend drückte sie die Zigarette auf einer Dose aus, in der ich Gebäck für Besucher bereithielt.

Ich beeilte mich, einen Aschenbecher zu holen.

»Was so 'n richtiger Pastor ist, der kümmert sich um seine Herde, was! Und um manche Schäfchen kümmert man sich besonders gerne!« Sie ignorierte den Aschenbecher. Ich fürchtete um meinen Teppich, der allerdings schon Flecken und Brandlöcher aufwies.

Der Sarkasmus dieser Frau, die doch soeben ihren Sohn verloren hatte, befremdete mich. Ich straffte meine schlanke Gestalt. »Jetzt sagen Sie mir endlich, was Sie wollen!«

»Ich kenne Ihr Geheimnis. Stelldichein bei Flötentönen, und das, wo mein Sohn nich mal großjährig war. Was sagt denn die Gemeinde dazu?«

»Frau Stankow, bitte! Hat Freddy mit Ihnen über mich gesprochen?«

»Gesprochen? Ich hab da was gefunden!« Sie holte ein Schulheft aus ihrer Tasche. »Lag beim Freddy unterm Bett! Da hat er alle seine Geheimnisse aufgelistet. Auch, wie schön eure Treffen waren.«

Sie blätterte in dem linierten Heft, anscheinend eine Art Tagebuch. »Dann waren sie wohl nicht mehr ganz so nett, die Treffen. Hat sich bedrängt gefühlt, mein armer Sohn! Und das von 'nem Fräulein Pastor!«

»Frau Stankow, ich verstehe Ihre Aufregung. Doch das bringt uns jetzt nicht weiter«, versuchte ich zu beschwichtigen.

Ich griff nach den Aufzeichnungen, doch sie hielt sie von mir weg. »Das gebe ich nicht aus der Hand«, sagte sie resolut. »Ich werde nicht zulassen, dass Sie auch nur einmal noch in Freddys Nähe kommen!«

»Moment mal, Freddy ist doch …«

»Und wenn ich es von der Kanzel verkünden muss, was Sie für eine sind. Und das da« – sie schlug eine Seite mit einem aufgeklebten Foto auf – »das interessiert bestimmt auch Ihren Chef!« Ich sah eine Brünette mit fast entblößtem Busen. Zierte nicht das gleiche Bild den Spind von Stankow senior? Dieses hier war allerdings verändert: Auf die Brüste war mit dickem Filzstift ein Pfeil gemalt. Die Spitze zielte direkt auf das Herz.

»Die ist Ihnen wie aus dem Gesicht geschnitten. Bloß die Titties sind ein bisschen dicker!« Wieder ertönte ihr kratziges Lachen. Ich sah ihr in die Augen, die von langen Wimpern umgeben waren und über ähnliche Leuchtkraft verfügten wie die von Freddy.

Ich erhob mich. »Frau Stankow, beleidigen lasse ich mich nicht! Ich muss Sie bitten, meine Wohnung zu verlassen!«

Sie erwiderte meinen Blick mit unnachgiebiger Stärke. »Das werden Sie noch bereuen!«

Verwirrt schaute ich ihr nach. Sie hatte über Freddy geredet, als ob er noch lebte. Was ging bloß im Kopf dieser Frau vor?

»Selbs inschuld!« Trudi, Königin der Trinkhallen, gehörte zum Verein für deutliche Aussprache. »Wer legt sich auch auffe Schienen? Nee, nee. Nich mal mit besoffenem Kopp!« Sie stemmte die Hände in die Hüften, eine unverwechselbare Geste. »Was, Fräulein Pastor?«

Ich runzelte die Stirn. »So einfach ist es wohl nicht.«

»Nich?« Sie reichte einem der Männer vor der Bude eine Flasche Bier. Der ließ den Bügelverschluss klacken und nahm einen tiefen Schluck. »Ah!«

Sie machte eine Handbewegung, als wollte sie eine Fliege verscheuchen. »Nich hier!«

Pikiert wollte ich mich entfernen.

»Ich meine doch nich Sie, Fräulein Pastor! Häbät, wech da!«

Der Angesprochene entfernte sich maulend.

»Wat 'n armen Jungen«, fuhr Trudi fort, als wäre nichts geschehen. »Ich sach nur: Eltern geschieden, Mutter zieht ins Negerdorf, wer will da schon hin, und Vattern zahlt nich …«

»Nicht? Mir hat er gesagt, er hätte sich gekümmert.«

Sie stemmte wieder die Hände in die Hüften. »Ja, getz! Dat fiel ihm aber auch früh ein! Hätta mal besser eher 'n paar Mark lockergemacht. Aber Muttern war auch nich ohne: Ein Kerl nachm andern und nich immer die allererste Wahl … Der arme Junge, hat 'n Streifen mitgemacht. Hab 'n ja gekannt, als er noch 'n kleiner Dötz war. So 'n ganz Aufgeweckten war das … Nee, nee, dass der so enden musste!«

Auf den Hochspannungsleitungen sammelten sich Vögel. Zugvögel, vermutete ich, die sich bereits auf ihre Reise in den Süden vorbereiteten. Das Wetter war unbeständig, und statt des erhofften Altweibersommers erlebten wir einen frühen Herbst. Die braunen und grauen Häuserfassaden weckten die Sehnsucht nach Sonnenstrahlen. Doch ich hatte andere Probleme. Blufften Freddys Mutter, oder stand in dem Heft tatsächlich Belastendes über mich? Und wenn ja, wie war es dazu gekommen? Bedrängt hatte ich ihn nicht. Er war freiwillig zu mir gekommen, nachdem wir wochenlang keinen Kontakt gehabt hatten. Unsere Begegnung war in gegenseitigem Einvernehmen verlaufen. Oder hatte er die Situation anders wahrgenommen? War die Phantasie mit ihm durchgegangen? In welch eine Lage hatte ich mich gebracht! Ich sollte mich dringend jemandem anvertrauen. Aber wem? Rosi, meine Amtsschwester und langjährige Freundin, würde für mein Tête-à-Tête mit einem Jugendlichen kein Verständnis aufbringen, so viel stand fest.

Ich stöhnte. Beinahe hätte ich mit dem Fahrrad ein Kind auf einem Roller erwischt. »Vorsicht, Fräulein Pastor!«, rief eine helle Stimme. Mit quietschenden Bremsen hielt ich und sprach die Mutter an. »Entschuldigung! Ich war gerade in Gedanken.« Die schlanke junge Frau nickte. »Sag dem Fräulein Pastor Guten Tag, Michi!«

»Tag, Tante!«, sagte der Junge und deutete einen Diener an.

»Guten Tag, Michi!«

»Fahren Sie zum Gemeindehaus? Würden Sie Michi mitnehmen zur Jungschar? Ich habe noch eine Besorgung zu machen.«

Michi fuhr voraus. Er trödelte; ich brauchte doppelt so lang für den Weg wie sonst. Mühsam bezwang ich meine Ungeduld.

»In einen Harung, jung und schlank, zwo, drei, vier«, hörte ich durch die offene Tür. »Sittata, tirallala«, fielen die Kinderstimmen ein. Die Jungscharstunde hatte bereits begonnen. Schwester Tabea sang das Lied mit einer Stimme, die so dürr war wie alles an ihr.

Sie konnte mich nicht leiden. Ich mochte sie ebenso wenig.

Notgedrungen brach sie ab, um mich zu begrüßen. »Schön, dass Sie wieder einmal den Weg zu uns gefunden haben, Fräulein Gerlach!« Ihr schmaler Mund verzog sich zu einem angedeuteten Lächeln. Die Schwesterntracht unterstrich ihre herbe Ausstrahlung.

»Und nun dürft ihr unser Fräulein Pastor begrüßen, liebe Kinder!« Ich tätschelte Köpfe und grüßte in alle Richtungen.

Dann nahm ich die Diakonisse beiseite. »Da gibt es eine Familie, Schuhmacher, die braucht dringend Unterstützung. Dorotheenstraße. Würden Sie dorthin gehen?« Tabea nickte. Ich sah auf die Armbanduhr. »Leider kann ich nicht zur Jungscharstunde bleiben. Ich werde jetzt in den Jugendkeller gehen. Sie haben gehört, was geschehen ist?«

Sie nickte wieder. »Freddy Stankow. Eine tragische Geschichte. Er war noch so jung …« Sie wies in die Runde der Kinder und senkte die Stimme. »Sie wissen es noch nicht. Besser ist, wenn sie es nicht erfahren.«

Unten saßen zehn oder zwölf junge Menschen im Halbdunkel auf niedrigen Sofas. Die Stimmung war gedrückt, wie nicht anders zu erwarten. Eines der Mädchen schluchzte auf. Ich erkannte die Blonde, die ich in Freddys Nähe gesehen hatte. Auf dem Tisch lag ein Foto von Freddy, umrahmt von Sonnenblumen. Eine Kerze flackerte im Luftzug.

Erst auf den zweiten Blick nahm ich meinen Kollegen Ernst Skendzik und seine Frau Helga wahr, eine Brünette mit rundlichen Formen.

»Wo auch immer Freddy jetzt ist, es geht ihm gut!«, sagte Ernst mit sanfter Stimme. »Er muss nicht mehr leiden!« Er griff zur

Gitarre und spielte gekonnt einige Akkorde. »Lasst die Sonne, lasst den Sonnenschein in euch hinein«, sang er halblaut. »Lasst die Sonne …« War das nicht die Melodie aus einem Musical über den Vietnamkrieg, das seit einiger Zeit auch in deutschen Theatern lief und dort den Titel »Haare« trug?

Ich stimmte leise mit ein. »Lasst die Sonne, lasst die Sonne …« Die Jugendlichen summten mit und wiegten sich zu der Musik.

In diesem Moment öffnete sich die Tür. Ein älterer Herr, klein von Wuchs, betrat den Jugendkeller. Ihn umwehte unverkennbar der Geruch von Zigarettenrauch. Kommissar Kellmann, Polizeibeamter der Mordkommission. Wir waren uns schon begegnet. Sein Auftauchen konnte nichts Gutes bedeuten.

»Guten Tag. Kann ich den Pfarrer sprechen?«

Mein Kollege legte die Gitarre beiseite und erhob sich. »Ja, bitte. Worum geht es?«

»Um den Fall Stankow.«

Dass ich ebenfalls Pastorin und somit ansprechbar war, ignorierte Kellmann. Er hielt nicht viel von Frauen im Berufsleben.

Skendzik fragte: »Sollten wir das nicht besser in meinem Amtszimmer besprechen?«

Kellmann zündete sich die Nächste an und polterte: »Wie Sie meinen!«

Kaum hatten die Männer den Raum verlassen, kamen die Jungscharkinder herein, hinter ihnen Schwester Tabea. Sie zuckte hilflos mit den Schultern. »Sie haben nun doch gehört, was passiert ist.«

Die Kinder riefen durcheinander, einige weinten.

Michi kletterte auf meinen Schoß. »Junge«, sagte er, »Junge mitte Flöte.«

»Ja«, sagte ich, und meine Stimme klang rau. »Der Junge mit der Flöte ist jetzt im Himmel.« Die Kinder drängten sich an Schwester Tabea. Sie schluchzten. Die Diakonisse warf mir einen Blick zu. »Tun Sie irgendwas«, sagte ich.

»Weißt du, wie viel Sternlein stehen an dem blauen Himmelszelt? Weißt du, wie viel Wolken gehen, weithin über alle Welt? Gott der Herr hat sie gezählet, dass ihm auch nicht eines fehlet …«, stimmte sie dann an, und die dünne Stimme klang viel beeindruckender, als ich es in Erinnerung hatte. Ich wiegte mich leise zum Gesang und strich Michi über den Kopf. Nach der zweiten Strophe sagte Schwester Tabea: »Der Junge mit der Flöte, Freddy, ist nun ein Stern am Himmel. Weit über den Wolken.« Die Kinder sahen sie erstaunt an. »Ganz weit weg. Und doch bei uns. Gott der Herr hat sie gezählet ...« Nun wurden auch die Augen der Jugendlichen feucht. Es war so still im Raum, dass man eine Stecknadel hätte fallen hören.

Widerwillig zollte ich der jungen Frau Respekt.

Mit Kindern umgehen konnte sie, das musste der Neid ihr lassen.

FÜNF

Unschlüssig stand ich vor dem Etagenhaus, in dem die Bönkes wohnten. Schließlich drückte ich auf den Klingelknopf. Wenig später ertönte der Türsummer. In der Wohnungstür erschien der Hausherr persönlich, in einem Feinripphemd, das muskulöse Oberarme frei ließ. Schwarzes Brusthaar quoll heraus. Er wirkte verwegen und jünger als bei unserer ersten Begegnung. Ich schätzte ihn auf Mitte dreißig.

»Ach, Sie sind das«, murmelte er, und, als ich keine Anstalten machte, wegzugehen: »Kommen Sie rein.«

»Sind Sie heute nicht auf Arbeit?« Es war früher Nachmittag.

»Nachtschicht gehabt.«

Durch die offene Tür sah ich Frau Bönke an einer Waschmaschine auf Rollen hantieren. Wahrscheinlich schob sie das Gerät nach Gebrauch von der Küche wieder ins Schlafzimmer, wo sie am wenigsten im Weg stand. Ein Kleinkind krabbelte über den Fußboden und verbarg sich hinter ihren Beinen.

»Große Wäsche heute«, erklärte Bönke. »Gehn wir in die gute Stube.« Nachdem wir auf den braunen Sesseln Platz genommen hatten, betrachtete ich den Hoeschianer genauer: dunkles, kurz geschnittenes Haar, ein ausgeprägtes Kinn und dichte Brauen. So weit unauffällig. Dann sah ich, dass ihm an der rechten Hand die Hälfte des Ringfingers und der komplette kleine Finger fehlten.

Bönke hob die verstümmelte Hand. »Inne Walze gekommen.« Hatte er deshalb auf Lokführer umgeschult? Das Gespräch versickerte wieder. Aus dem Nebenzimmer ertönte Kindergeschrei. Kurz darauf erschien Frau Bönke mit einem Baby auf dem Arm.

»Darf ich Ihnen etwas anbieten? Kaffee?« In dem fahlen Licht, das durch die staubigen Fensterscheiben fiel, wirkte ihr Gesicht eingefallen. Sie war schätzungsweise in meinem Alter. Ich schüttelte den Kopf.

»Mir kannste 'n Bier bringen«, forderte Bönke.

»Für Sie auch? Oder 'n Käffchen?«

»Wasser, bitte!«

»Gibt nur Kraneberger.«

»Danke, das reicht.«

Ich war gespannt, ob der Hausherr ihr das Kind abnehmen würde, doch sie trug es hinaus. Als sie wenig später mit den Getränken zurückkehrte, entschuldigte sie sich für die Unordnung.

»Mit den Kindern …«

»Wie geht es Ihnen?«, fragte ich in die Runde.

Bönke antwortete: »Wie schon? Halten Sie mal allein 'ne ganze Familie am Kacken! Die Frau geht nich arbeiten«, maulte er.

»Bekommen Sie nicht mehr Lohn nach dem Streik?«

»Jaja, dreißig Pfennig die Stunde. Ein Klacks!« Nun, da seine Frau im Raum war, wurde Bönke gesprächig. »Wenn's nach dem Betriebsrat ginge, wären's nur fünfzehn. Die hätten ja alles unterschrieben, wenn nich die Stahlkocher gewesen wärn. Erst auf Westfalenhütte, dann bei uns und auf Phönix.«

»Kennen Sie Stankow?«

»Wer kennt den nich!« Er nahm einen tiefen Schluck und knallte die leere Flasche auf den Couchtisch.

»Das klingt nicht sehr freundlich.«

»Pah! Früher war der einer von uns. Jetzt ist er was Besseres. Speist mit den hohen Herren. Mit unsereins will der nix mehr zu schaffen haben!«

Stumm zeigte er auf die Flasche. Frau Bönke beeilte sich, Nachschub zu holen.

»Der hätte auch für zehn Pfennig die Stunde unterschrieben. Oder für fünfe! Damit die hohen Herren noch mehr kriegen«, schimpfte er weiter. »Wir Malocher sind immer die Gelackmeierten.«

»Kannten Sie auch Stankows Sohn?«

»Sicher. Der Apfel fällt nicht weit vom Stamm.« Er öffnete die nächste Flasche, trank und wischte sich den Schaum von den Lippen. »Genau wie der Alte. Kam, wann's ihm passte, tat nix und redete schlau daher. Klugscheißer.«

»Sie haben ihn totgefahren!«

»Der hat sich aufs Gleis gelegt! Kann ich da was für?« Er wuschelte sich mit der Hand durch das Haar. »Kann er das nich woanders tun? Ich seh was daliegen, leg 'ne Vollbremsung hin, fahr drüber. Nix zu machen!«

Er schüttelte sich. »Ausgerechnet der Sohn vom Stankow! Der hat mit seinem Quietschen ja die Ratten aus den Löchern geholt!«

»Quietschen?«

»Flöte spielen«, übersetzte Frau Bönke.

»Muss jetzt los«, sagte Bönke und stand auf. Er holte eine Flasche Schnaps aus der Anrichte, füllte ein Pinnchen und kippte die klare Flüssigkeit hinunter. »Prost«, sagte er und nahm den Zweiten gleich hinterher. »Wird später heute!«

Das Kleinkind kam zur Tür herein und klammerte sich an die Beine der Mutter.

»Papa zieht los«, sagte sie zu dem Kind. »Mit den Kumpels. Einen saufen! Wie immer!« Der Mann verließ kommentarlos den Raum, wahrscheinlich, um sich ein Oberhemd anzuziehen.

»Mama bleibt hier. Windeln waschen.« Sie hob eine Rassel vom Boden auf. »Auch wie immer.«

»Luschinski! Hast du mich erschreckt!« Plötzlich stand der Reporter vor mir. Die Kamera baumelte wie üblich vor seiner Brust.

»Martha, ich muss mit dir reden.«

Unschlüssig standen wir im Eingangsbereich.

»Ach was, komm mit rauf«, entschied ich kurzerhand.

»Ist der Ruf erst ruiniert, lebt sich's gänzlich ungeniert.«

Ich zuckte zusammen. »Mal den Teufel nicht an die Wand!«

»Warum? Weil du Herrenbesuch bekommst? Deine Gemeinde wird's verschmerzen!«

»Nicht deshalb.«

»So schlimm? Erzähl, Martha!«

Schlagartig wurde mir klar, wem ich meine Misere wegen Freddys Tagebüchern und seiner aufgebrachten Mutter anvertrauen konnte.

Ich begann zu erzählen. Luschinski hörte interessiert zu und schüttelte dann ungläubig den Kopf. »Wer hätte das gedacht, Martha! Stille Wasser sind tief.«

»Meinst du Freddy oder mich?«

»Eine Romanze in der Schrebergartenlaube!« Er gluckste. »Hätte ich euch beiden nicht zugetraut.«

»Luschinski! Nimmst du mich überhaupt ernst?«

Er legte mir den Arm um die Schultern. »Aber immer doch. Mindestens so sehr wie mich selbst.«

»Nimmst du überhaupt irgendetwas ernst?«

Er zwinkerte. »Nicht besonders viel.«

Dann zog er die Stirn kraus. »Da hast du dich ja schön in den, nennen wir es Scheibenkleister geritten!«

»Meinst du, Freddys Mutter erstattet Anzeige?«

»Weswegen? Freddy war kein Kind mehr. Wahrscheinlich setzen sie demnächst das Alter der Volljährigkeit herab.«

»Sie behauptet, ich hätte Schuld an seinem Tod.«

»Warum? Hast du ihn auf die Gleise gejagt?«

»Luschinski, hör auf!«

In seinem Blick entdeckte ich den Jagdinstinkt des Journalisten. »Was wohl in dem Tagebuch steht? Meinst du, sie rückt es raus?« Der Reporter nahm Witterung auf.

»Wohl kaum.« Ich seufzte. »Eher posaunt sie in der Gemeinde herum, ich hätte ihren Sohn genötigt.«

»… verführt!« Er zwinkerte wieder. »Vielleicht solltest du ihr zuvorkommen!«

»… und es selbst erzählen?«

»Deine Sicht der Dinge. Zumindest würde ich den Kollegen einweihen.«

»Ich kenne ihn doch kaum.«

Er schabte mit der Schuhspitze über eine abgetretene Stelle auf dem Teppich.

»Martha, ich wollte dir etwas erzählen.«

»Was denn?«

Er wirkte ungewöhnlich ernst.

»Wahrscheinlich war es kein Selbstmord.«

»Nicht? Was dann?«

»An Freddys Kopf wurden Verletzungen festgestellt.« Er zögerte. »Die Leiche war in keinem … keinem sehr guten Zustand. Einzelheiten möchte ich dir ersparen.«

Wahrscheinlich hatte der Güterzug ihn mitten durchgetrennt. Eine unappetitliche Vorstellung.

»Am Kopf befand sich ein subdurales Hämatom, ein Bluterguss

unter der Hirnhaut. So, wie es aussieht, infolge stumpfer Gewalt, weil jemand mit einem Gegenstand zugeschlagen hat.«

»Und das kann nicht durch das Überfahren des Zuges geschehen sein?«

»Kaum. Es wäre sehr untypisch.«

»Hat ihn jemand auf die Schienen gelegt?«

»Könnte gut sein.«

»War er da schon tot?«

»Das weiß man nicht.«

Er strich mir über den Arm. »Wahrscheinlich nimmt dich das ganz schön mit!«

Ich nickte. »Deshalb war Kommissar Kellmann also bei uns in der Gemeinde. Der nächste Todesfall, bei dem es nicht mit rechten Dingen zugeht«, sagte ich erstickt.

»Fremdeinwirkung.«

»Mit Gewalt?«

Wir schwiegen.

Man hörte die Küchenuhr ticken.

»Kann ich dir etwas anbieten?«, fragte ich in die Stille hinein.

»Wie wäre es mit einer anständigen Mahlzeit für einen Junggesellen?«

Ich verschwand in der Küche und kehrte mit einer Dose Ravioli zurück.

»Martha! Das ist nicht dein Ernst! Ich dachte an Bratkartoffeln mit Sülze!«

»Sülze habe ich nicht da!« Kalte Kartoffeln fand ich in der Speisekammer, und nachdem ich sie mit Speck ausgelassen und mit einem Ei in der Pfanne gewendet hatte, nahmen wir in der Küche Platz.

Luschinski trank aus der Bierflasche. Wie ein altes Ehepaar, dachte ich, als wir uns am Tisch unter der Deckenlampe gegenübersaßen. Luschinski langte beherzt zu. »Lecker!«

»Bist du nicht eifersüchtig?«, fragte ich.

»Auf wen?«

Ich machte eine unbestimmte Geste.

»Auf Freddy Stankow? Der ist doch tot!«

Nachdem der Reporter gegangen war, saß ich allein in meiner Pfarrhausküche. Ich war versucht, auf den Schreck doch noch einen zur Brust zu nehmen.

»Lass es bleiben, Martha«, sagte ich streng zu meinem Spiegelbild auf der Fensterscheibe. »Du weißt doch, wohin das führt!«

Der Tod raubt das Leben. Wieder einmal. So jung noch, so begabt. Voller Pläne. Und jetzt tot. Erschlagen? Überfahren von einem Besoffenen. Warum? Wollte er sterben? Was hat er in seinen letzten Augenblicken gedacht? Warum ist er vor mir geflohen? Habe ich ihm etwas bedeutet? Hat er mich verabscheut? Hat unsere letzte Begegnung ihm den Rest gegeben? Was hat die Mutter gegen mich in der Hand?

Schon wieder trifft es jemanden aus meiner Gemeinde, nicht alt, nicht eines natürlichen Todes gestorben. Bringe ich den Menschen in meiner Umgebung Unglück? Hast du mich an den Tod gekettet, schmeißt mich immer und immer wieder in dieses dunkle Loch wie einst Hiob? Willst du mich prüfen, schauen, ob mein Glaube stärker ist als das Nichts?

Zu früh tot. Zu viel Tod. Zu früh zu viel Tod. Zu viel Gewalt. Warum?

Meine Knie bebten. Ich legte beide Hände zuerst auf das linke, das zitterte wie Espenlaub, danach auf das rechte. Tief durchatmen, befahl ich mir. Dann gab ich nach. Ich stand auf und holte eine Flasche Cognac aus dem Wohnzimmer.

Großzügig goss ich mir ein halbes Wasserglas voll.

Im Morgengrauen hörte ich Geräusche. Ich öffnete das Fenster zum Westpark. Eine Katze maunzte.

Von einer unbestimmten Ahnung getrieben, lief ich die Treppe hinunter und öffnete die Haustür. »Susi!«, rief ich in Richtung Westpark.

»Miau. Miau!«

»Wo kommst du denn her?« In der Adventszeit war mir die Katze zugelaufen. Ich hatte sie nach einer Vertreterin des horizontalen Gewerbes benannt, zu der ich damals Kontakt unterhielt. In der Linienstraße, der Bordellstraße, war Susi die Vorzeigehure gewesen, als ich vor etwas mehr als einem halben Jahr mit den dortigen Frauen zu tun gehabt hatte.

»Susi!« Sie war dünner, als ich sie in Erinnerung hatte, doch mit der unverkennbaren schwarz-weißen Musterung. Ich hielt ihr die Hand hin. Sie rieb ihre Nase daran.

»Susi, schön, dass du wieder da bist!« Vor einigen Wochen war sie plötzlich verschwunden gewesen, und alles Rufen hatte sie nicht zurückgebracht. Meine Zettel an den Bäumen des Westparks waren erfolglos geblieben. Allenfalls den ein oder anderen Schnorrer hatten sie angelockt.

Die Tür war zugefallen. Ich schloss sie auf und rief erneut nach der Katze. Susi blickte sich um. Dann stolzierte sie durch die offene Tür, hinter sich ein, zwei, nein, drei Miniaturausgaben ihrer selbst.

»Ach herrje!«, stöhnte ich und sah zu, wie Susi geschmeidig die Treppe hinauflief. Ich packte die drei kleinen Knäuel, setzte sie auf meinen linken Ärmel und überlegte, wen ich mit diesen niedlichen Samtpfoten beglücken könnte.

In der Wohnung forderte Susi lautstark ihr Fressen ein. »Tut mir leid, ich habe kein Katzenfutter!«, bedauerte ich. Plötzlich kam mir eine Idee. Kurz darauf knabberte Susi das Fleisch aus den von Luschinski verschmähten Ravioli. Die Tomatensoße verteilte sie gleichmäßig auf dem Boden, wobei auch die Fußleiste ihren Teil abbekam.

Die Kätzchen hängten sich an ihre Zitzen und saugten. Damit war das Schicksal der Tiere besiegelt. Ich würde keines hergeben.

Der Dosenöffner fiel mir aus der Hand. »Willkommen zu Hause«, sagte ich zu Susi und strich ihr über das Köpfchen.

SECHS

»Nehmen Sie Platz, Fräulein Gerlach.« Superintendent van Diecken erhob sich hinter dem schweren Schreibtisch.

Normalerweise sprach er mich mit »Schwester Gerlach« an.

»Guten Tag, Herr Superintendent«, wählte ich ebenfalls die formelle Anrede.

»Sie wissen, weshalb ich Sie kommen ließ?«

»Ich kann es mir denken.« Erschreckt stellte ich fest, dass meine Stimme eine Oktave höher klang als sonst.

»So.« Seine Lippen unter dem immer noch vollen Haar wurden schmal. Ich entdeckte keine Spur der Herzlichkeit, die er mir sonst entgegenbrachte.

»Erzählen Sie mir Ihre Version der Geschichte«, forderte er mich auf.

Von den unerbittlichen Augen hinter der Brille ließ ich meinen Blick aus dem Fenster gleiten. Der graue Hinterhof spendete keinen Trost.

»Einer meiner Konfirmanden ist unter tragischen Umständen ums Leben gekommen«, begann ich. »Freddy Stankow.«

Van Diecken ließ einen Füllfederhalter durch seine Finger gleiten und schwieg.

»Freddy war Sohn des Betriebsrats Stankow und ist auf dem Werksgelände der Stahlhütte von einer Lok überfahren worden. Allerdings gibt es inzwischen Informationen, dass er vorher schwer oder sogar tödlich am Kopf verletzt worden ist.«

»So.« Er klopfte mit dem stumpfen Ende des Füllers auf die massive Holzplatte. »Und Ihr Anteil an der Geschichte, Fräulein Gerlach?«

Ich sah auf den Teppich. Sandfarbene Sprenkel auf dunkelgrauem Grund, auch das kein Augenschmaus. »Was meinen Sie damit, Herr Superintendent?«

»Ich habe einen Hinweis bekommen.«

»Von wem?«

»Das tut nichts zur Sache.«

»Worauf bezog sich dieser Hinweis?«

Er erhob sich. »Fräulein Gerlach, wollen Sie mich zum Besten halten?«, sagte er mit bedrohlich leiser Stimme.

»Ich habe mir nichts zuschulden kommen lassen, Herr Superintendent. Bitte glauben Sie mir!« Meine Hände suchten Halt und hinterließen dabei feuchte Spuren auf dem dunklen Rock.

Er nahm wieder Platz. »Fräulein Gerlach, ich habe immer große Stücke auf Sie gehalten«, sagte er in milderem Tonfall. »Sie sind eine der ersten Frauen im Amt. Bisher haben Sie gute Arbeit geleistet. Wenn Sie« – er räusperte sich – »wie es eine Weile lang aussah, in den Ehestand träten, würde ich es mit Bedauern zur Kenntnis nehmen, dass Sie einen Mann der Kirche vorziehen.« Er schaute mich über den Rand der Brille hinweg streng an. »Dann wäre Ihr Ausscheiden zwar bedauerlich, jedoch unvermeidlich. Mittlerweile entsteht allerdings der Eindruck, dass Ihnen das Junggesellinnenleben nicht bekommt. Oder wie sonst soll ich mir erklären, was mir zu Ohren gekommen ist? Heute erhielt ich den Anruf einer sehr aufgebrachten Mutter.«

»Sie meinen Frau Stankow?«

»Sie behauptete, Sie wären ihrem Sohn« – erneutes Räuspern – »dem verstorbenen Friedrich Stankow, zu nahe getreten. Sie beschuldigte Sie der Unzucht mit Abhängigen.«

»Herr Superintendent, Freddy war nicht mehr bei mir im Unterricht!«

»Reden Sie nicht an der Sache vorbei. Können Sie versichern, dass zwischen Ihnen und dem Verstorbenen nichts Unehrenhaftes stattgefunden hat?«

Ich senkte den Blick.

»Fräulein Gerlach, ich bin sehr enttäuscht von Ihnen. Von Anfang an habe ich Sie ermutigt, und nun danken Sie es mir so wenig. Sie tragen besondere Verantwortung! Aller Augen richten sich auf Sie. Sie sollten ein Vorbild sein!«

»Ja«, flüsterte ich beschämt. Selten hatte mir jemand solch eine Standpauke gehalten. »Es tut mir leid, dass ich Ihren Erwartungen nicht gerecht geworden bin.«

»Auf Ihrem Tun scheint kein Segen zu ruhen. Es ist besser, wenn ich Sie aus der Gemeinde entferne, zumindest für eine Zeit lang.«

Ich erschrak. »Herr Superintendent, bitte nicht!«

Er nahm die Brille ab, und nun sah man ihm die Last des Alters und die Bürde der Verantwortung an; ein Mann, der die fünfzig überschritten hatte. »Frau Stankow hat eine schwere Anschuldigung gegen Sie erhoben. Die Sache muss aus der Welt geschafft werden!«

»Darf ich mir die Frage erlauben, ob Sie mit dem Vater gesprochen haben, mit Herrn Stankow? Ich könnte mir vorstellen, dass er die Angelegenheit anders beurteilt.«

»Ich hörte, die Stankows seien geschieden.«

Ich richtete mich auf. »Herr Superintendent, wenn Sie mich vom Dienst suspendieren, wird der üblen Nachrede Tür und Tor geöffnet. Alle werden denken, ich hätte etwas mit dem Tod von Freddy Stankow zu tun. Vielleicht kommt die Wahrheit nie an das Licht. Dann bleibt für alle Zeit ein Makel an mir haften. Wie soll ich damit weiter in einer Gemeinde arbeiten? Sie wissen, wie wichtig mir mein Beruf ist!«

Superintendent van Diecken beugte sich vor und stützte sich mit den Ellbogen auf den Schreibtisch.

Ich sah ihm in die Augen. »Oder glauben Sie nicht an meine Unschuld?«

»Zumindest gehe ich davon aus, dass Sie dem jungen Mann nicht absichtlich geschadet haben.«

Ich atmete auf. »Danke!«

»Allerdings missbillige ich Ihr moralisches Verhalten ausdrücklich.« Er klackte noch einmal mit dem Füller auf die Schreibtischplatte.

Dann verkündete mein Vorgesetzter das Urteil: »Um der guten Arbeit willen, die Sie bisher geleistet haben, gewähre ich Ihnen Aufschub. Sie können weiter in Ihrer Gemeinde bleiben. Vorläufig.«

Das Telefon auf seinem Schreibtisch klingelte. Er hob ab. »Ja. Ja. Ja, auf jeden Fall. Bitte melden Sie sich wieder!«, vernahm ich. Es klackte, als er den hellgrauen Hörer auf die Gabel legte.

»Kollege Skendzik hat soeben angerufen. Ich werde ihn bitten, ein Auge auf Sie zu haben.«

Mutter sagte immer zu mir: Wenn Vater aus dem Krieg zurückgekommen wäre … wenn dein Bruder noch lebte … ein Mädchen braucht eine feste Hand … Später, als sie noch einmal geheiratet hatte, sollte mein Stiefvater auf mich aufpassen. Ich wehrte mich mit Händen und Füßen, ließ mich nicht von ihm erziehen. Er ließ mich gewähren. Danach verstanden wir uns gut. Ich war traurig, als er vor zehn Jahren verstarb. Selbstständig war ich gewesen, und frei wollte ich bleiben. Und nun? Sollte mein jüngerer Kollege auf mich aufpassen? Sollte er seiner Schwester Hüter sein?

Ich war entlassen.

Steifbeinig erhob ich mich und reichte meinem Vorgesetzten die Hand. Als ich den Raum verließ, meinte ich ein leises »Ach, Schwester Gerlach!« zu hören. Ich schöpfte wieder Hoffnung. Vielleicht war ich doch nicht endgültig in Ungnade gefallen?

Schulende in der Siedlung. Nun waren die i-Männchen unterwegs. Einer der Jungen mit orangefarbener Kappe winkte mir zu. Ich erkannte Michi, der mit seinen Klassenkameraden Kurs auf Trudis Trinkhalle nahm. Wahrscheinlich setzten die Kleinen ihre wenigen Groschen in Brausetütchen und Weingummi um und schoben dann beim Mittagessen Gemüse und Kartoffeln auf dem Teller herum. Ob die Mütter ahnten, woher die Appetitlosigkeit des Nachwuchses rührte? Zum ersten Mal an diesem Tag schmunzelte ich.

Vor dem Gemeindehaus, einem roten Backsteinbau aus der Zeit der Jahrhundertwende, stellte ich mein Rad ab. Ich trat durch die alte Holztür, über der ein Kreuz in den Stein gemeißelt war. Aus dem Büro hörte ich das Klappern einer Schreibmaschine. Ich klopfte an und trat ein.

»Haben Sie Herr Skendzik gesehen?«, fragte ich unsere Bürokraft. Sie hörte auf zu tippen und zog einen Bleistift hervor, den sie sich wie meist hinter das Ohr geklemmt hatte.

»Ernst ist im Kindergarten. Er hat Sie auch schon gesucht.« Ganz selbstverständlich sprach sie den Vornamen meines Kollegen aus. »Außerdem will die Polizei Sie sprechen.«

»Wer?«

»Der, der immer so viel raucht.«

»Kellmann. Hat er gesagt, wann?«

»Am besten sofort«, antwortete eine männliche Stimme. Unbemerkt hatte der Kommissar den Raum betreten.

Er deutete eine knappe Verbeugung an. »Haben wir beide wieder einmal die Ehre, Fräulein Gerlach!« Dann ordnete er an, als wäre er der Hausherr: »Wir gehen in den Nebenraum!«

Ich kam nicht dazu, meinen modischen roten Mantel auszuziehen.

Kellmann nahm auf einem der Holzstühle Platz, holte sein Notizbuch aus der Aktentasche und zündete sich eine Zigarette an.

»Sie haben Friedrich Stankow gekannt«, begann er das Verhör.

»Ich habe ihn vor einigen Jahren konfirmiert«, erwiderte ich. »Er gehörte zu unserer Gemeinde.« Der Kommissar setzte die Lesebrille auf. Umständlich blätterte er in seinen Unterlagen.

»Sie wurden kürzlich mit ihm gesehen. Am Emschergrund, Nähe Kleingartenanlage.«

»Das stimmt. Ich habe mich öfter dort aufgehalten. Er hat dort Flöte gespielt. Im Freien.«

»Wann haben Sie ihn das letzte Mal getroffen?« Die Zigarette qualmte im Aschenbecher vor sich hin.

»Am Abend des zweiten September. Am Tag des Streiks.«

»Wo?«

»Im Schrebergarten. Ich bin nach dem Konfirmandenunterricht zum Emschergrund gefahren, in den Kleingarten unseres Küsters. Es begann zu regnen. Also habe ich die Laube aufgesucht. Freddy kam kurz darauf zur Tür herein. Offensichtlich suchte er ebenfalls Schutz vor dem Regen.«

»Wann?«

»Gegen sechs Uhr. Vielleicht etwas später.«

»Wie lange hat Stankow sich dort aufgehalten?«

»Vielleicht eine Viertelstunde, vielleicht zwanzig Minuten.«

»Was haben Sie in dieser Zeit gemacht? Worüber haben Sie gesprochen?«

Der Kommissar zog sich eine Haarsträhne, die zur Seite heruntergefallen war, wieder über die Glatze.

»Nun?« Er steckte sich die nächste Zigarette an. »Irgendwas werden Sie doch gesagt haben: Guten Tag, auf Wiedersehen, wie geht's und so weiter. Denken Sie nach! Vielleicht sind Sie die Letzte, die ihn lebend gesehen hat!«

»Tatsächlich? Ist er in der Nacht nicht zu Hause gewesen?«

Kellmann streifte die Asche ab. »Tut nichts zur Sache! Also: Was hat sich in der Hütte abgespielt?«

Die Wahrheit konnte ich ihm nicht erzählen. »Er hat mir von seinen Plänen berichtet. Dass er überlegt, Musik zu studieren«, wich ich aus.

Bei dem Gedanken an Freddys Wünsche, die sich niemals erfüllen würden, blinzelte ich eine Träne weg.

»Sind Sie sicher?« Kellmann sah mich durchdringend an. »Stankow wurde beobachtet, wie er die Hütte verließ. Er wirkte sehr aufgeregt«, las er von seinen Notizen ab. »Haben Sie sich gestritten?«

Niemand würde die Angaben überprüfen können, redete ich mir ein. Freddy war tot. Bei Luschinski war mein Geheimnis gut aufgehoben. Zumindest hoffte ich das.

»Ich habe ihm gesagt, dass ich Musik für eine brotlose Kunst halte. Stattdessen riet ich ihm, Lehrer zu werden. Ein solider Beruf. Das hat ihm nicht gefallen«, flunkerte ich. Ich faltete die Hände in meinem Schoß und betete still: »Lieber Gott, verzeih mir! Ich habe doch niemandem etwas getan!« Wirklich nicht?, hielt die Stimme meines Gewissens dagegen. Ob Freddy das genauso sehen würde? Ich bereute zutiefst, was zwischen uns vorgefallen war. Am liebsten hätte ich die Zeit zurückgedreht und das Geschehene rückgängig gemacht.

»Gut. So weit.« Die Stimme des Kommissars holte mich in die Wirklichkeit zurück. Er klappte sein Notizbuch zu. »Wenn ich Ihnen noch einen persönlichen Rat geben darf, sozusagen als väterlicher Freund …«, begann er umständlich.

Ich wollte seinen Rat nicht hören. Er gab ihn mir trotzdem: »Der Mann muss hinaus in das feindliche Leben. Die Frau findet ihre Bestimmung daheim, in der Sorge für die Familie. Diese Ordnung zu vertauschen, bringt Unglück. Merken Sie das nicht selbst?«

Ich straffte meine Gestalt. »Herr Kellmann, ich glaube, das ist nicht Ihre Angelegenheit!«

»Ich meine es nur gut mit Ihnen! Wir sitzen nicht zum ersten Mal zusammen. Wenn ich mir vorstelle, meine Tochter …«

Plötzlich stutzte der Kommissar. »Einen schönen Mantel haben Sie da an, Fräulein Gerlach …«

»Ja. Finden Sie?« Kellmann machte sonst nie Komplimente.

»Da haben Sie wohl etwas verloren?« Er wies auf den zweiten Knopf von oben, der in Form und Farbe leicht von den anderen abwich. Dort hatte ich den Ersatz, den ich bei Hertie erstanden hatte, angenäht. Ich nickte und ärgerte mich erneut über den Verlust.

»Der Knopf, der Ihnen fehlt.« Er langte in seine Aktentasche und zog ein Tütchen heraus, dem er einen kleinen Gegenstand entnahm. »Könnte es dieser hier gewesen sein?«

Erstaunt nahm ich ihn in die Hand. »Das könnte er sein. Wo haben Sie ihn gefunden?«

»Er lag in einer roten Stofftasche in der Nähe des Fundorts der Leiche. Haben nicht sogar Sie diese Tasche entdeckt?«

»Wie … Ich verstehe nicht. An dem Abend habe ich den Mantel gar nicht getragen. Es hat geregnet, da habe ich die Öljacke angezogen, die gelbe, und außerdem … im Schrebergarten trage ich den Mantel nicht. Viel zu schade. Wie kommt der Knopf in die Tasche?«, stotterte ich. »Wie ist die Tasche auf das Werksgelände gekommen?«

»Fräulein Gerlach«, sagte er streng und packte sein Notizheft wieder aus. »Was haben Sie am Abend des zweiten September gemacht, nachdem Stankow Sie verlassen hatte? Wo waren Sie am dritten September? Erzählen Sie mir alles! Benennen Sie auch gleich die Zeugen, die das bestätigen können!«

Ich versuchte, meine Hände ruhig zu halten, als ich ihm den Knopf zurückgab. »Verdächtigen Sie mich jetzt des Mordes?«

»Hier besteht Klärungsbedarf!«, bellte er.

Als ich eine Stunde später meine Finger in die Scheibe des Telefons steckte, zitterten meine Hände immer noch. Erst beim vierten Versuch wählte ich die richtige Nummer. Das Freizeichen ertönte. Luschinski war nicht zu Hause. Auch in der Redaktion erreichte ich ihn nicht. Ich hinterließ eine Nachricht und bat um dringenden Rückruf.

»Männer«, stöhnte ich. »Wo sind sie, wenn man sie braucht?«

»Hier, liebe Martha«, antwortete eine sanfte Stimme, und ich sah in das bärtige Gesicht von Ernst Skendzik. Unbemerkt hatte er das Büro betreten. »Brauchst du mich?«

Er setzte sich auf den Besucherstuhl neben dem Schreibtisch. Unsere Bürokraft war bereits nach Hause gegangen. Die Schreibmaschine, abgedeckt mit einer Haube, stand zwischen uns.

Ich versuchte, mir meine Erregung nach dem Verhör nicht anmerken zu lassen.

Doch auch der Kollege wirkte nervös. »Martha, das alles ist schrecklich!« Ernst rang die feingliedrigen Hände. »Der Junge ist tot. Die Jugendlichen sind außer sich. Dann ist noch die Polizei im Haus.«

Er schaute zur Seite und räusperte sich. »Ich nehme an, du weißt von Frau Stankow?«

Bitter lachte ich auf. »Dass sie mich beschuldigt? Ja, das weiß ich!«

»Ist etwas daran?« Sanft knetete seine rechte Hand die Linke.

Ich verneinte.

»Du bist länger in dieser Gemeinde als ich. Du hast Freddy konfirmiert. Du solltest ihm auch den letzten Dienst erweisen und ihn beerdigen.«

Nebenan im Gemeindesaal quälte jemand das Klavier. Die ersten Takte von »Für Elise« erklangen, stümperhaft gespielt.

»War Freddy nicht in deiner Jugendgruppe?«, erwiderte ich mit steifen Lippen.

»Erst seit wenigen Wochen. Wir können die Bestattung gemeinsam vornehmen.« Welch ein Unterschied zu meinem früheren Kollegen Kruse, der alles allein hatte bestimmen wollen!

»Der Superintendent, Herr van Diecken. Meinst du, er ist damit einverstanden?«

»Ich werde es mit ihm besprechen.«

Hätte das nicht mir als Dienstälterer zugestanden?

Der Klavierspieler war zum schnelleren Teil der »Elise« vorgedrungen, verhaspelte sich, begann von vorne. Meine Nerven, die ohnehin flatterten, wurden auf das Äußerste strapaziert.

»Wer spielt denn da?« Ich stand auf, um die Tür zu schließen.

»Ich habe der Karin erlaubt, hier zu üben. Zu Hause hat sie kein Klavier.«

In diesem Moment wurde das Spiel unterbrochen. Kurz darauf erschien das blonde junge Mädchen, das ich vor einiger Zeit mit Freddy gesehen hatte.

»Guten Tag, Fräulein Gerlach«, grüßte sie artig und reichte mir die Hand.

»Oh, hallo Ernst!«, quiekte sie, als hätte sie meinen Kollegen erst jetzt entdeckt. Unter den getuschten Wimpern sandte sie ihm einen bedeutungsschweren Blick zu.

Ernst lächelte sie an und wandte sich dann an mich: »Der Superintendent hält große Stücke auf dich. Erst neulich hat er zu mir gesagt: ›Schwester Gerlach predigt wie ein Mann!‹.«

SIEBEN

Alles hatte ich erwartet, nur nicht, dass ich Luschinski mit einem Schlauch in der Hand auf der Straße antreffen würde. Genussvoll, beinahe andächtig spritzte er seinen VW Käfer ab. Fast wäre ich über einen Eimer gestolpert.

Erst jetzt bemerkte er mich. »Guten Tag, Martha!«

»Guten Tag, Luschinski! Wer hätte gedacht, dass du so ein Spießer bist!«, sagte ich und zeigte auf den Schlauch, dessen Ende im Keller verschwand.

»Weil ich samstags mein Auto auf Hochglanz bringe? Wie alle anderen auch?« Dreißig Meter weiter die Straße hinunter säuberte ein Mann sein Daffodil. Auf der gegenüberliegenden Seite bekam ein behäbig wirkender Audi seine samstägliche Wäsche verpasst. Schmutzwasser floss den Rinnstein entlang und gurgelte in den Gully. Das Leben in der Siedlung ging weiter, als wäre nicht ein junger Mann von einer Lokomotive zerteilt worden.

Der Reporter drehte das Wasser ab und zwinkerte mir zu. »Du willst mich sprechen, haben die Kollegen ausgerichtet.«

»Luschinski, ich bin mit meinem Latein am Ende.«

»Oje!« Er griff nach einem Päckchen Watte und drückte Paste aus einer Tube darauf, die er anschließend mit kreisenden Bewegungen auf dem Lack verrieb. »Einen Moment noch. Nur eben fertig polieren!«

Während er sich an seinem Wagen zu schaffen machte, betrachtete ich ein Plakat für die Bundestagswahl. Willy Brandt sah auf mich herunter und warb um meine Stimme: »Damit Sie auch morgen in Frieden leben können. SPD.« Die CDU wollte mit Kanzler Kiesinger »Sicher in die siebziger Jahre« gehen. Drei Wochen hatte ich noch Zeit, mir zu überlegen, wo ich mein Kreuzchen machen wollte.

»Fertig!« Er packte die Utensilien zusammen, kippte den Eimer aus und warf die Lappen hinein. »Was denkst du, wer gewinnt?«, fragte er mit Blick auf die Plakate. »Ob die Große Koalition weiterregiert?«

»Bist nicht du der Reporter?«

»Im Kohlenpott kriegen die Schwarzen kein Bein an die Erde. Hier ist die Herzkammer der Sozialdemokratie!«

»Aber das gilt nicht für die ganze Bundesrepublik, oder?«

»Die Streikwelle spielt dem Willy in die Hände.«

»Ich dachte, die Streiks seien beendet?«

»Bei Hoesch und in den Stahlhütten. Im Bergbau geht's gerade erst los. Wer weiß, was noch alles passiert! Liest du denn keine Zeitung?«

»Im Moment habe ich andere Probleme!«

Er stieß das Kellerfenster auf und warf den Schlauch hinein. Dann verschwand er im Hausinneren. Wenige Minuten später kehrte er zurück.

»Jetzt bin ich ganz Ohr. Erzähl, was du auf dem Herzen hast!«

Ich lieferte eine Kurzfassung der letzten Ereignisse.

»Ach du dickes Ei! Das hört sich gar nicht gut an, Martha«, bestätigte er meine schlimmsten Befürchtungen. »Da braut sich was zusammen!« Er tastete nach der Kamera, die ihm wie üblich vor der Brust baumelte. »Ist dir nicht aufgefallen, dass weder der Superintendent noch der Kommissar noch dein Kollege Freddys Tagebuch erwähnt haben?«

»Stimmt.«

»Vielleicht wissen sie nichts davon.«

»Warum sollte Freddys Mutter so etwas verschweigen? Wenn es mich doch angeblich so belastet … Sie hat alle gegen mich aufgebracht.«

»Stänkern geht immer. Heißt sie nicht sogar Stankow?« Er gluckste.

»Luschinski, das ist nicht lustig!«

Statt einer Antwort öffnete er mit einer ironischen Verbeugung die Beifahrertür seines roten Käfers. »Steig ein. Wir fahren los.«

»Wohin?«

»Auf Spurensuche. Wär doch gelacht, wenn wir diesen Fall nicht auch gelöst kriegten! Komm, wir klappern ein paar Stationen ab.«

»Machst du jetzt einen auf Kommissar?«

Er tippte sich an einen imaginären Hut und sagte mit verstellter

Stimme: »Gestatten, Kommissar Keller. Der mit dem braunen Lederhut!«

Ich ging auf den Scherz ein: »Fast wie Kommissar Kellmann. Nur dass der kein Fernsehstar ist!«

Geräuschvoll startete er den Motor. Wir rumpelten durch die Straßen der Siedlung, vorbei an Männern, die palaverten, und an Frauen, die Kinderwagen über den Bürgersteig schoben.

»Martha, warum spielst du nicht mit offenen Karten?«, fragte er.

»Was meinst du damit?«

»Du hast Kellmann angelogen. Zumindest hast du nicht die ganze Wahrheit gesagt. Warum erzählst du nicht, was in der Hütte vorgefallen ist? Du hast dich schließlich nicht strafbar gemacht!«

Ich schlug die Hände über dem Kopf zusammen. »Als Fräulein Pastor kann ich mir keinen moralischen Fehltritt erlauben!«

»Siehst du da nicht zu schwarz? Außerdem: Geredet wird ohnehin. Wenn es hinterher herauskommt, heißt es, du hättest die Ermittlungen behindert. Falls sie dich nicht sogar festnehmen.«

Mich schauderte. »Mal nicht den Teufel an die Wand«, stöhnte ich.

Luschinski ließ den Schaltknüppel los und wies auf das Handschuhfach. »Da ist Pfefferminz drin.«

Ich zog einen PEZ-Spender heraus und versuchte, einen Drops aus der Packung zu lösen. In dem Versuch, das Bonbon entgegenzunehmen, verriss Luschinski das Lenkrad und hätte beinahe eine Frau angefahren. Bei der Vollbremsung kam mein Kopf der Windschutzscheibe gefährlich nah.

»Pass doch auf«, schimpfte ich.

Er kurbelte das Fenster herunter: »Tut mir leid«, brüllte er der Frau hinterher und hupte.

»Nix passiert!«

Luschinski parkte vor dem Negerdorf.

»Das sieht ja düster aus!« Er blickte an dem Gebäude entlang, das den Auftakt zu einer Reihe weiterer, ähnlich trister Bauten bildete. Ob man hier wohl einen Groschen für den Strom in einen Automaten werfen musste?

»Es müffelt!« Der Reporter wies auf das dünne Rinnsal hinter dem Zaun. »Die Köttelbecke! Ob das wohl aus Dortmunds Schei…«

»Luschinski!«

»… Aborten kommt, wollte ich sagen.«

»Wahrscheinlich.«

»Weißt du, wo Frau Stankow wohnt?«

Ich nickte. Wir passierten den Eingang des Wohnblocks und fanden uns kurz darauf vor einem der gleichförmigen Häuser wieder.

»Hier ist es.«

Er drückte auf die Klingel an der einfachen Holztür. Vergeblich versuchte er es ein zweites und dann ein drittes Mal. »Scheint's keiner zu Hause.«

Zu Fuß machten wir uns auf den Weg zur Kleingartenanlage. Väter werkelten, Mütter unterhielten sich über den Zaun hinweg, und Kinder spielten Gummitwist oder Verstecken. In einem der Gärten tanzten Mädchen mit Hula-Hoop-Reifen.

Auch die Parzelle unserer Küsterfamilie war bevölkert. Ein Doppelsitzer-Kinderwagen stand neben der Gartenbank. Marie, die Frau des Küsters, ließ die Kinder krabbeln, pulte Erbsen aus der Schale und ließ sie in eine Emailschüssel fallen.

»Guten Tag, Fräulein Martha!«, grüßte sie erfreut, als sie mich sah.

»Die beiden Süßen!«, sagte ich entzückt. Eines war ein Findelkind, das eine verzweifelte Mutter im letzten Advent in der Kirche ausgesetzt hatte, das andere hatte Marie kurz darauf zur Welt gebracht. Die beiden Jungen waren unzertrennlich, fast wie Zwillinge. »Ich kann mich noch an ihre Taufe erinnern!«

»War Winter, ganz kalt! Und Kinder haben geschrien!«

Nun hatte auch Tommi mich entdeckt. Jauchzend lief mein Patenkind auf mich zu. »Tante Matta, Tante Matta! Mittebacht, mittebacht?«

Ich holte den PEZ-Spender hervor, den ich aus Luschinskis Auto hatte mitgehen lassen. »Mund auf, Augen zu!« Er streckte mir die Zunge entgegen, und ich drückte auf den Kopf der Micky-

Maus-Figur, sodass sich ein Bonbon löste. Doch das Pfefferminz schmeckte ihm nicht. Er spuckte es wieder aus. »Bäh! Will Schokolade!« Zum Trost schenkte ich ihm den Spender mit der Comicfigur aus Plastik. Luschinski würde es verschmerzen.

»Du nicht betteln sollst«, mahnte Marie mit ihrer weichen Stimme. Sie sprach akzentfrei Deutsch, lediglich die eigenwillige Wortstellung verriet ihre polnische Herkunft.

Luschinski, der sich bisher im Hintergrund gehalten hatte, schaltete sich ein. »Darf ich mal Ihre Hütte in Augenschein nehmen, liebe Frau Marie? Ich weiß, das ist ein ungewöhnliches Anliegen. Doch es gibt es einen bestimmten Grund«, sagte er ungewohnt höflich.

»Bitte sehr, Herr Reporter, gerne, wenn ist wichtig.«

»Was los, Fräulein Martha?«, fragte sie mich, nachdem der Reporter im Innern der Hütte verschwunden war.

»Ach, Marie. Das ist eine lange Geschichte. Es hat mit dem toten jungen Mann zu tun, mit Freddy Stankow!«

»Das wirklich traurig. Habe ich sehr geweint, wie ich habe davon gehört.«

Luschinski trat ins Freie. »Nichts gefunden!«, sagte er bedauernd und schnupperte. »Riecht lecker! Wenn das mal nicht Pfefferpotthast ist.« Durch die halb geöffnete Tür erspähte ich einen großen Topf auf dem Spirituskocher. Plötzlich sehnte ich mich nach einem normalen Familienleben mit allem, was dazugehörte, auch dem samstäglichen Eintopf.

Und ohne deinen Beruf, den du so sehr liebst?, setzte die innere Stimme sofort dagegen.

»Bleiben Sie bei uns, essen mit uns! Idschdi gleich auch kommt.«

Luschinski schnupperte. »Das wäre sehr schön, gnädige Frau!« Er zwinkerte. »Aber leider …«

Ich fand den Vorschlag verlockend. »Warum nicht?«

»Martha, denk dran …«

Tommi, der mit einem anderen Jungen im Garten gespielt hatte, krabbelte hinter einem Busch hervor. In der Hand hielt er einen länglichen silbernen Gegenstand.

»Mama, hab ich gefunden da unten!«

»Was ist das?«

»Nicht!« Luschinski nahm dem Jungen das Fundstück ab. »Beißt! Wauwau! Aua!«, sagte er schroff.

Tommi begann zu weinen.

Ich wollte nach dem Gegenstand greifen, doch der Reporter fing meinen Arm ab. »Hände weg!«

Verwundert schaute ich ihn an.

»Keine weiteren Fingerabdrücke! Gerade von dir nicht!«

Er bückte sich zu dem Jungen. »Tommi! Wo hast du das gefunden?«, fragte er nun sanfter. Der Junge verbarg den Kopf im Rock seiner Mutter. Marie strich ihm über den Scheitel. »Willst du nicht reden mit Onkel?« Tommi schluchzte auf. Für Luschinski war er nicht mehr zu sprechen.

Der starrte auf das Silberrohr in seiner Hand. Unverkennbar handelte es sich um eine Flöte, wenn auch verschmiert und ohne Mundstück. »Da haben wir das Corpus Delicti!«, stellte er fest.

»Ist von toten Jungen?«, fragte Marie leise.

»Wahrscheinlich. Wir müssen die Polizei verständigen!«, befand Luschinski. »Wo ist das nächste Telefon?«

Marie schüttelte den Kopf. »Ist in Vereinsheim, aber noch zu dort. Später macht auf.«

»Komm, Martha! Zurück ins Negerdorf!«

Er griff nach seiner allzeit bereiten Kamera und drückte auf den Auslöser.

»Foto vom Fundort.«

Dieses Mal hatten wir Glück.

Nach dem zweiten Klingeln wurde oben ein Fenster geöffnet. »Wer ist da?«, rief eine weibliche Stimme.

Luschinski blickte hoch: »Machen Sie auf, Frau Stankow! Es ist wichtig!«

Kurz darauf wurde der Summer betätigt. Wir stiegen durch das düstere Treppenhaus hinauf in den zweiten Stock.

Frau Stankow stand im Türrahmen, die Hände vor der ausladenden Brust verschränkt, eine weiße Kittelschürze über einem Pulli in Altrosé.

»Das Fräulein Pastor. Soso. Hätt ich nicht gedacht, dass Sie einen Mann dabeihaben. Sind doch sonst so ’ne Emanzipierte!«

Mir platzte der Kragen. »Frau Stankow, hören Sie endlich auf, mich zu schikanieren!«

»Hat ja richtig Temperament, das Fräulein Pastor!«, spottete sie und holte eine Zigarettenpackung aus ihrer Kittelschürze.

»Feuer, der Herr?« Sie fuchtelte dem Reporter mit der dünnen Zigarette vor der Nase herum.

Luschinski ging nicht darauf ein.

»Hört auf zu streiten«, sagte er beschwichtigend. »Schauen Sie sich lieber das hier an!« Er hielt der Frau den Rumpf des Musikinstrumentes hin, mit einem Lappen umwickelt, um keine weiteren Spuren zu verwischen. »Könnte das Freddys Flöte gewesen sein?«

Frau Stankow wollte danach greifen. Luschinski hielt sie zurück. »Nicht anfassen! Nur die Frage beantworten: ja oder nein.«

»Ja. Die Macke da unten, das müsste Freddys Flöte sein«, sagte sie. »Leider ist Freddy nicht da. Er ist samstags bei seinem Vater.«

Ich hüstelte verlegen. »Frau Stankow, sind Sie sicher, dass er bei seinem Vater ist? Können wir hereinkommen? In Ruhe mit Ihnen reden?«

Luschinski kniff. »Ich rufe die Polizei an«, sagte er. »Haben Sie Telefon?«

»Steht aufm Tischchen. Im Flur.«

Ich folgte ihr in die Küche.

Sie holte ein Feuerzeug aus der Tasche und zündete sich die Zigarette nun selbst an. Schweigend standen wir uns gegenüber.

Der Wäschekorb stand neben der Tür. Das Bügeleisen auf der Anrichte war eingeschaltet. »Ich muss noch die Hemden bügeln«, sagte sie leise, und ihre Stimme klang weicher als zuvor, »damit der Junge ordentlich aussieht!«

Unaufgefordert nahm ich auf der Eckbank Platz. Stumm schaute ich auf eine Kuckucksuhr an der Wand, während ich Luschinski im Korridor telefonieren hörte.

»Frau Stankow, sollten wir nicht einmal in Ruhe und vernünftig miteinander reden?«, nahm ich den Faden wieder auf.

»Wer ist denn hier nich vernünftig?«, fuhr sie auf. »Sie haben doch dem Freddy so zugesetzt, dass er nicht mehr ein noch aus wusste! Regelrecht verfolgt haben Sie ihn …«

»Langsam, Frau Stankow. Ich habe Freddy nur wenige Male

getroffen, meistens am Emscherufer. Ich kann mir Ihr feindseliges Verhalten überhaupt nicht erklären. Ihr Mann …«

»Den lassen Sie mal ganz ausm Spiel. Hat sich nich gekümmert, nich gezahlt. Ich hab im Konsum an der Kasse gearbeitet, musste uns beide ja durchbringen. Und nu will der Gnädige alles bestimmen. Nachdem er sich jahrelang gedrückt hat!«

»Wäre er nicht verpflichtet gewesen zu zahlen?«

»Wäre, wäre. Ham Sie 'ne Ahnung!«

Ich sah der Frau in die Augen. »Frau Stankow. Sie wissen, was passiert ist?«

»Alle wollen mir den Jungen wegnehmen!«, sagte sie verstockt. »Der Alte, Sie, der neue Pastor, einfach alle.«

»Frau Stankow, Freddy lebt nicht mehr.«

Sie sank in sich zusammen.

»Er ist tot. Er ist von einer Lok überfahren worden. Das wissen Sie doch?«

Mit wildem Blick schaute sie mich an: »Aber Sie ham ihn verfolgt, stimmt's?«

Ich überlegte, ob ich einen Arzt anrufen sollte. Doch es war Samstagnachmittag. Wen würde ich da erreichen?

Ich wartete eine Weile, bevor ich die nächste Frage stellte. »Haben Sie das Heft noch? Freddys Tagebuch?«

»Ja, was denken Sie denn! Das geb ich nicht weg!« Sie drückte die Zigarette aus, wahrscheinlich schon die dritte, seit wir in der Küche saßen. Zwei Stummel lagen neben dem überquellenden Aschenbecher auf der Wachstuchdecke.

»Weiß die Polizei davon?«

»Die Polizei!« Sie hustete. »Die hätt mir's weggenommen! Das Letzte, was ich von ihm habe …« Ihr Blick glitt zur Anrichte, auf der mehrere Ausgaben der »Hörzu« lagen. »'tschuldigung, is nicht aufgeräumt. Konnt ja nich wissen, dass so hoher Besuch kommt!«

Luschinski betrat die Küche. »Die Polizei kommt zur Fundstelle. Wir sollen ebenfalls dorthin gehen«, richtete er aus.

Frau Stankow erhob sich. »Ich komm dann auch mal mit. Besser is besser!« Ich verstand. Allein zu bleiben und Hemden für einen Sohn zu bügeln, der nie mehr zurückkehren würde, wäre schlimmer gewesen als alles andere.

Hatte sie keine Freundinnen?

Ich gab Luschinski ein Zeichen und wies mit dem Kinn auf den Stapel mit den bunten Magazinen.

Er verstand und zwinkerte mir zu. Derweil lotste ich die Frau des Hauses in den Flur und verwickelte sie in ein Gespräch.

»Hatte der schon immer so eine krakelige Schrift?« Luschinski hielt das Heft eine Armlänge von sich weg, er hatte seine Lesebrille nicht dabei.

»Ich glaube, ja. Im Konfirmandenunterricht habe ich immer gedacht, er ist Linkshänder …«

»… und muss trotzdem mit rechts schreiben. Genauso sieht es aus.«

Unter der funzeligen Lampe im Vereinsheim versuchten wir, Freddys Tagebuch zu entziffern. Wir saßen etwas abseits. Monika war damit beschäftigt, eine geschlossene Gesellschaft zu bedienen, die am Nebentisch einen runden Geburtstag feierte. Uns hatte sie nur hereingelassen, weil wir Stammgäste waren.

»Mutti … neuer Freund … Macker … trinkt viel Bier … rülpst«, las ich langsam vor.

»Klingt nicht sehr schmeichelhaft für Frau Stankow«, kommentierte Luschinski. »Wo war der Macker denn heute? Hast du ihn irgendwo gesehen?«

Ich schüttelte den Kopf.

»Vielleicht schon wieder passé. Steht ein Datum im Heft?«

»Nein. Kein Datum.«

Ich überflog die nächsten Seiten, bis ich auf meinen Namen stieß. »Habe heute … Frl. Pastor getroffen. Habe auf der Flöte gespielt. Sie mag Bach. … mich nicht ausgefragt wie sonst Frl. Mager oder Hr. Schulz in der Schule und andere. Mutti hat … Freund nicht mehr. Hat wohl gar zu viel getrunken und sie auch angeschrien.«

Ich blätterte weiter.

»Das Frl. Gerlach kommt jetzt öfter und hört zu, wie ich Flöte spiele«, las ich mit halblauter Stimme. »Übe die Partita. Will Musik studieren u e ist für Aufnahme.«

Am Nebentisch brachte jemand einen Trinkspruch aus. Laut

stießen die Biergläser aneinander. »Musik, zwo, drei, vier!«, johlte einer.

»Bitte nicht!«, stöhnte ich.

Luschinski bestellte das nächste Bier. »Weiter!« Er lehnte sich zurück und streckte seine langen Beine aus.

»Komm näher, sonst muss ich so laut schreien!«

»Frl. Gerlach hat mich heute so angesehen«, fuhr ich fort, »irgendwie komisch, so …«

»Wie denn?«, fragte Luschinski neugierig.

»Kann ich nicht lesen!«

»Zeig her.« Doch auch der Reporter konnte das Wort nicht entziffern. Konzentriert las er weiter: »Es regnet den ganzen Tag. Bin jetzt in Jugendgruppe vom Pastor. Er … alle nennen ihn Ernst und seine Frau Helga. Karin … schönes Mädchen … lustig und schaut mich an.«

»Frl. Gerlach gesprochen u sie meint, mit Musik kann ich … nicht Familie ernähren. Weiß nicht.«

Luschinski schob mir das Heft wieder über den Tisch.

In diesem Moment sprang die Musikbox an. »Anuschka«, ertönte der Sommerhit des Jahres.

Monika knallte das nächste Bier auf die Tischplatte. Luschinski trank die Schaumkrone ab.

Ich versuchte gar nicht erst, gegen den Lärm anzubrüllen, sondern vertiefte mich schweigend in die Aufzeichnungen. Die Mittelseiten waren mit Tintenkiller bearbeitet und wieder überschrieben worden. Einzelne Worte stachen hervor: »Bedrängt … verschlingt … Alptraum … nahe … ertrage nicht … verfolgen mich … nachts schlafen … wach … Unzucht« Ich zuckte zusammen. »Unzucht« war das letzte Wort, das Freddy zu mir gesagt hatte.

Auf den beiden folgenden Seiten waren teilweise nur noch einzelne Buchstaben zu erkennen. »… ex… aug… Haa…v«.

Umso mehr stachen die Worte in das Auge, die unten auf der Seite gut zu lesen waren: »Martha Martha Martha«.

Als ich umblätterte, entdeckte ich das Illustriertenfoto mit dem Pfeil durch die Brust, das Frau Stankow mir gezeigt hatte. »Martha!« stand groß unter dem Bild. Die Buchstaben waren mit rotem Filzstift nachgezogen.

Erschüttert reichte ich das Heft an Luschinski weiter.

»Starker Tobak!«, meinte er. »Am besten, wir rufen sofort die Polizei an. Monika!«, rief er der Bedienung zu. »Darf ich mal euer Telefon benutzen?«

»Halt!« Ich legte die Hand auf das Heft. »Weißt du, welche Folgen das für mich hätte?«

»Meinst du, die Stankow merkt nicht, dass das Heft fehlt?«

»Frau Stankow wird den Verlust nicht melden, weil sie das Heft um jeden Preis behalten will.«

»Sie wird sich denken können, wo es gelandet ist. Vielleicht steht sie ja schon bei dir auf der Matte!« Er grinste schief. »Unangenehme Frau. Sie tut mir trotzdem leid. Dir nicht, Martha?« Er beugte sich vor.

»Natürlich tut sie mir leid. Aber sie schadet mir! Luschinski, ich bin geliefert! Der Knopf im Beutel. Die Flöte im Schrebergarten. Die Aufzeichnungen mit meinem Namen. Was meinst du: Welche Rückschlüsse wird Kellmann daraus ziehen? Glaubst du, ich will in den Knast?«

»Sei doch vernünftig, Martha! Wenn das Heft später auftaucht: umso schlimmer.«

»Schmeiß es in die Köttelbecke. Dann ist es weg!«

Unser Streit war nicht unbemerkt geblieben. Monika näherte sich: »Alles in Ordnung bei euch?«

Luschinski hob den Bierdeckel und sagte: »Zahlen, bitte!«

Im Auto diskutierten wir weiter.

»Hältst du mich für schuldig?«

»Wenn du sagst, du warst es nicht, dann warst du es nicht!«

»Kellmann hält die Flöte für die Mordwaffe.«

»Er schließt es nicht aus, sagt er. Keine voreiligen Schlüsse! Übrigens …« Er ließ den Motor an. »Wenn ich dir glaube, warum sollten es die anderen dann nicht tun? Schließlich bist du das Fräulein Pastor und von Berufs wegen der Wahrheit verpflichtet!« Er fuhr mit der Hand über den Ärmel meiner dunklen Herbstjacke. Den verräterischen roten Mantel trug ich nicht mehr. »Nur Mut! Schlimmer kann es nicht werden.«

»›Schlimmer geht immer‹, sagt meine Mutter! Für Kellmann

ist das ein gefundenes Fressen. Er hält nichts von berufstätigen Frauen, hat er mir neulich verraten.«

»Warum gehst du nicht zu deinem Chef, zum …«

»… Superintendenten …«

Röhrend fuhr der Käfer den Berg hinauf. Im Scheinwerferlicht torkelte eine Gestalt auf die Straße. Luschinski wich aus.

»Ob das Tagebuch echt ist?«

»Meinst du, die Stankow hat es gefälscht? Aus welchem Grund?«

»Was ist mit dem Vater?«

»Dem Betriebsrat? Bei den Arbeitern ist er nicht beliebt.«

»Vielleicht sollte ich ihm auf den Zahn fühlen. Ich muss sowieso zu Hoesch, wegen der Streiks.«

»Stimmt! Vielleicht sollten wir dem Stankow das Tagebuch zeigen und fragen, was er davon hält! Nimmst du mich mit?«

»Martha!« Der Reporter war plötzlich ernst geworden. »Das sieht aus wie ein abgekartetes Spiel. Wer hat gesehen, wie du dich mit Freddy getroffen hast? Wer weiß, dass ihr zusammen in der Laube wart? Und wer hat ein Interesse daran, dir zu schaden? Will dir da jemand was in die Schuhe schieben?«

Er hielt vor dem Pfarrhaus. »Soll ich mit raufkommen?«

»Luschinski, du weißt genau …«

»Meine kleine Prüde!«

Er umfasste meine Schultern und drehte meinen Oberkörper zu sich herum. Der Schaltknüppel zwischen uns verstellte sich. Luschinski ließ die Hände über meinen Rücken gleiten. Die Berührung verursachte mir trotz der Jacke eine Gänsehaut. »Martha«, flüsterte er dicht an meinem Ohr. Behutsam streifte sein Mund meine Wange. Ich hielt still. Vorsichtig berührte er meine Lippen und ließ seine Zunge spielen, als ich keinen Widerstand leistete. Der Kuss schmeckte ein wenig nach Bier. Da durchzuckte mich die Erinnerung an ein anderes Lippenpaar, den Duft nach Waldboden und Pfefferminz. »Unzucht!«, hallte es in mir wider. »Unzucht! Der Sünde Sold ist der Tod!«

Luschinski bemerkte die Veränderung und rückte ein Stück von mir ab.

»Denkst du an ihn?«, fragte er leise. »An Freddy?«

»Immer«, sagte ich, »immer!«

»Schade!« Er ließ mich los.

»Vermisst du ihn?«

»Ich weiß nicht. Alles ist so unheimlich. Unsere letzte Begegnung. Manchmal glaube ich selbst, dass ich schuld bin. An seinem Tod.«

»So darfst du nicht denken.« Er strich mir sanft über den Arm.

»Ach, Luschinski. Ich scheine den Tod förmlich anzuziehen. Und jetzt reiße ich dich da auch noch mit hinein!«

»Kein Problem«, wehrte er lässig ab.

Ich öffnete die Beifahrertür und schlüpfte aus dem Wagen.

»Schlaf gut, Martha«, rief Luschinski mir nach. Ich blickte mich verstohlen um. Hatte uns jemand beobachtet? Ein Auto fuhr vorbei und klapperte über den Gullydeckel. Dann war es wieder still.

Wie an jedem Samstagabend betete ich am offenen Fenster den 84. Psalm. Längst kannte ich ihn auswendig.

»Wie lieb sind mir deine Wohnungen, HERR Zebaoth! Meine Seele verlangt und sehnt sich nach den Vorhöfen des HERRN; mein Leib und Seele freuen sich in dem lebendigen Gott.«

Ach Herr, hört das nie auf? Ich wollte Ruhe und Heimat. Dir dienen. Und nun verfolgen sie mich. Was habe ich getan?

Wer rettet mich?

ACHT

Der Gottesdienst geriet nicht sehr erbaulich. Drei Dutzend Besucher verteilten sich in den mittleren und hinteren Reihen. Ein Aushilfsorganist begleitete den dünnen Gesang; das Halleluja klang eher kläglich als jubelnd.

Als ich die Kanzel betrat, sah ich eine gebeugte Gestalt zur Tür hereinkommen: Schwester Käthe, die alte Diakonisse. Längst schon im Ruhestand, verließ sie ihre Wohnung über den Gemeinderäumen nur noch selten. Am Stock ging sie langsam durch den Mittelgang an den Kirchenbänken vorbei, das weiße Häubchen tief gesenkt. Das Gleichnis vom verlorenen Sohn stand auf dem Predigtplan. Und während ich den Text auslegte, in dem der gütige Vater den abtrünnigen Sohn in die Arme schließt, nahm die Diakonisse in der zweiten Reihe Platz. Wie ein Menetekel saß sie da, wie eine unheilvolle Warnung Gottes.

Nachdem die Besucher am Ausgang ihre Fünfzig-Pfennig-Münzen und Markstücke in den Kollektenkorb geworfen hatten, schlurfte die altgediente Diakonisse langsam, Schritt für Schritt, zum Ausgangsportal.

»Schwester Gerlach«, sagte sie mit ihrer immer noch gebieterischen Bassstimme, die im Gegensatz zu ihrem gebrechlichen Körper stand.

»Schwester Käthe, einen schönen Sonntag!«, wünschte ich.

Sie wich und wankte nicht. »Schwester Gerlach, auf ein Wort!«

Mir blieb keine Wahl. »Gehen wir in die Sakristei!«, schlug ich vor.

In dem engen Raum nahm sie auf dem einzigen Stuhl Platz.

»Schwester Gerlach! Der Herrgott hat Sie in Versuchung geführt!«

Ich schwieg.

»Sie haben dem Übel nicht widerstanden!«

Langsam knöpfte ich den Talar auf. Angesichts der ernsten Worte geriet meine mühsam errungene Fassung ins Wanken.

»Und nun werde ich der gerechten Strafe zugeführt?«, fragte ich bang.

»Bitten Sie den Herrgott, dass er Sie vom Bösen erlöst. Achten Sie auf die Zeichen, und lernen Sie, die Geister zu unterscheiden.«

Nun löste ich auch den weißen Damenkragen, den ich statt des Beffchens trug, das die Amtskollegen sich umbanden.

Wider Willen beeindruckten mich die Weissagungen der alten Frau.

»Nehmen Sie sich in Acht!«

»Wovor, Schwester Käthe?«

Sie redete weiter, den trüben Blick auf einen unbestimmten Ort in der Ferne gerichtet: »Vertrauen Sie nicht zu viel. Jemand will Böses!« Die letzten Worte kamen so leise, dass ich sie kaum verstand.

Ich brachte mein Gesicht dicht an ihr Ohr. »Wer?«

Das alte Gesicht mit den vielen Runzeln unter dem weißen dünnen Haar wirkte durchscheinend in dem fahlen Licht, das durch das Fenster fiel. »Gebenedeit bist du unter den Weibern«, murmelte sie, scheinbar zusammenhanglos. War das nicht der Spruch, mit dem Elisabeth der Jesusmutter Maria zu ihrer Schwangerschaft gratulierte? »Der Herr hat dich auserwählt unter vielen.« Sie schlug ein Kreuzzeichen in meine Richtung.

»Was meinen Sie damit?«

»Doch achte auf die Zeichen: Böse und verderbt ist ihr Trachten von Jugend an!«

»Schwester Käthe!«

»Wachet und betet«, sagte sie und fiel erschöpft in sich zusammen.

Ich berührte ihre Schulter. »Schwester Käthe? Schwester Käthe!«, rief ich, doch sie rührte sich nicht.

Ich riss die Tür auf und rief in den Kirchenraum: »Idschdi, kommen Sie! Schwester Käthe braucht Hilfe!«

Unser Küster eilte herbei. Er erfasste die Situation mit einem Blick. »Muss Telefon. Anrufen Notarzt«, stellte er fest und verschwand.

Ängstlich horchte ich auf den rasselnden Atem der alten Frau, aus der nun alles Leben entwichen schien. Hilflos sah ich zu, wie sie noch weiter zusammensackte. Ich traute mich nicht, sie vom Stuhl zu heben.

Verzweifelt richtete ich den Blick auf das Kreuz an der Wand.

Die Stunden gehn, es tickt die Uhr;
wo sind sie geblieben, wo bleiben sie nur?
Schlafes Bruder übernimmt das Ruder.
Kommt wie ein Hauch, so geht er auch;
Berührt der Tod das Leben, so wird die Schuld vergeben.
Was geht, was treibt zur Ewigkeit?

Endlich ertönten die Sirenen. »Hier ist sie«, hörte ich Idschdis Stimme. Die Rotkreuzhelfer kamen in die Sakristei, beugten sich über die alte Frau, die kaum noch bei Bewusstsein war, hoben sie hoch und legten sie auf die Bahre.

Das Häubchen fiel herunter.

Als ich die Kirche verlassen wollte, sah ich, dass Idschdis Frau Marie etwas vom Boden aufhob. Verschämt versteckte sie es hinter ihrem Rücken.

»Marie! Was hast du da?«

»Nichts, Fräulein Martha, ist nur für Müll!«

»Zeigst du es mir?«

Langsam streckte sie den Arm nach vorne.

Finger um Finger öffnete sie die Hand.

Darin lagen die Knöchelchen eines kleinen Tieres, vielleicht einer Ratte oder einer Maus.

Ich schüttelte mich. »Hast du das gerade eben gefunden?«

Sie nickte.

»Lag das vorhin schon hier?«

»Weiß nicht, Fräulein Martha.«

Sie log. Natürlich war das Häufchen frisch dort abgelegt worden, sonst hätten sie oder auch Idschdi es schon während des Gottesdienstes entdeckt.

Irgendjemand hatte es auf mich abgesehen.

Wehmütig erinnerte ich mich an die Mahlzeiten, die ich sonntags nach dem Gottesdienst bei den Diakonissen eingenommen hatte.

Nun, da Schwester Käthe alt und gebrechlich war, wurde dort nicht mehr gekocht. So blieb mir nur der Weg durch den Westpark in mein wenig gastliches Pfarrhaus. Seit die Familie, die zur Untermiete bei mir gewohnt hatte, ausgezogen war, fühlte ich mich in dem großen Haus mitunter recht verlassen. Seufzend schälte ich Kartoffeln und ließ die Schalen auf altes Zeitungspapier fallen. Noch bevor ich dazu kam, Wasser aufzusetzen, klingelte das Telefon.

»Evangelisches Pfarramt, Gerlach«, meldete ich mich.

»Kommissar Kellmann«, bellte es am anderen Ende. »Ich will Sie auf der Wache sehen! Sofort!«

Ich konnte mir unschwer vorstellen, worum es ging. »Luschinski, du Verräter!«, knirschte ich mit den Zähnen. Ich schaltete den Herd wieder aus und machte mich auf den Weg.

Kellmanns Büro war vom Rauch vernebelt wie immer. Sein Assistent saß am Tisch, zwei Blätter mit Kohlepapier in die Schreibmaschine eingespannt, und wartete auf das Startsignal.

Das ließ nicht lange auf sich warten.

Mit spitzen Fingern hielt mir der Kommissar Freddys Aufzeichnungen entgegen.

»Unzucht! Martha, Martha, Martha!«, höhnte er. »Da haben Sie mir wohl einiges verschwiegen, was? Fräulein Gerlach?«

»Woher haben Sie das?«, versuchte ich, Zeit zu schinden.

»Wollen Sie mich veräppeln? Ich weiß alles! Alles! Und Sie wissen es auch!« Er hatte sein Sakko ausgezogen. Die Krawatte baumelte lose über dem Hemd. »Sie hatten ein Verhältnis mit dem Jungen! Mit einem Jungen, der nicht einmal volljährig war!« Angeekelt drückte er seine Zigarette aus. »Vom Alter her könnten Sie seine Mutter sein. Schämen Sie sich!«

»Nein, ja, ich weiß nicht …«

»Ich weiß nicht, ich weiß nicht! Ja oder nein!«, bellte er. Sein Adamsapfel war vorgesprungen, und die Strähne rutschte wieder auf die falsche Seite der Glatze.

»Nicht, was Sie denken.«

Er lehnte sich zurück und verschränkte die Arme vor der Brust. Ich richtete den Blick auf die schwarzgrauen Aktenordner mit den vergilbten Rücken.

»Ich höre!«

»An dem Abend, als Freddy in der Hütte war, da haben wir …« Ich verstummte. Über unsere letzte Begegnung zu reden, wäre mir wie eine Entweihung vorgekommen.

Der Kommissar zog an seiner Zigarette. »Weiter. Was genau, Fräulein Gerlach? Hatten Sie Geschlechtsverkehr mit dem Verstorbenen?«

»Nein!« Entsetzt schüttelte ich den Kopf.

»Haben Sie sich ihm unsittlich genähert?«

»So würde ich es nicht nennen«, krächzte ich mit belegter Stimme.

»Hat eine körperliche Annäherung stattgefunden?«, fragte er mit gespielter Geduld.

Zaghaft nickte ich.

Er gab seinem Assistenten ein Zeichen. Der begann, im Zwei-Finger-System in die Tasten zu hacken.

»In welcher Form? Haben Sie ihn angefasst?«

Ich sah zu Boden und nickte wieder.

»Haben Sie sich entkleidet? Haben Sie ihn unsittlich berührt?«

Ich sah den Assistenten an, einen pausbackigen Mann. Hinter der Brille glitzerten seine Augen sensationslüstern.

Das war zu viel.

Ich straffte meine Gestalt. »Herr Kellmann, was denken Sie eigentlich von mir? Glauben Sie, ich hätte mit Freddy Stankow in der Hütte … Unzucht getrieben? Ihn womöglich anschließend verfolgt, mit der Flöte erschlagen und in der Stahlhütte auf die Gleise gelegt?«

Der Assistent hackte in die Tasten wie ein Besessener. Das Klappern der Schreibmaschine füllte den Raum.

Kellmann stand auf. Seine Stimme klang eisig. »Fräulein Gerlach, was ich glaube oder nicht, ist immer noch meine Sache. Ihr Verhalten macht Sie mehr als verdächtig! Ganz zu schweigen von Moral und Anstand. Von einem Fräulein Pastor darf man ein anderes Benehmen erwarten.«

An der Tür klopfte es. Noch bevor jemand »Herein« sagen konnte, steckte Luschinski seinen Kopf in den Raum.

»Raus hier!«, blaffte der Kommissar ihn an. »Heute ist keine Sprechstunde! Und für Sie schon gar nicht!«

»Mir scheint, der Dame ist unwohl«, sagte der Reporter, den Rausschmiss ignorierend. »Darf ich sie Ihnen entführen?« Er reichte mir den Arm. »Komm, Martha, wir gehen!«

»Halt! Wir waren noch nicht fertig!«, rief Kellmann, doch Luschinski zog mich in Richtung Tür.

»Ich habe entsetzliche Kopfschmerzen«, nutzte ich die Gunst der Stunde. »Ich muss dringend an die frische Luft!«

Das war nicht einmal gelogen.

»Halten Sie sich zu unserer Verfügung!«, schrie der Kommissar hinter mir her.

»Luschinski«, schimpfte ich. »Mit dir will ich nichts mehr zu tun haben!« Demonstrativ drehte ich ihm den Rücken zu.

»Nu mach mal halblang, Martha!«

»Warum hast du ihm das Heft gegeben?«

»Mir blieb nichts anderes übrig. Die Stankow hat den Verlust entdeckt und mir aufgelauert.«

»Komisch, dass sie nicht zu mir gekommen ist. Zum Beispiel in den Gottesdienst. Da hätte sie mir ordentlich in die Parade fahren können.«

Der Reporter öffnete den Wagen und nahm auf dem Fahrersitz Platz.

»Mir hat sie auch ganz schön zugesetzt.« Er ließ den Motor warm laufen. »Wie ist es, kommst du mit?«

»Wohin?«

»Ich will dir etwas zeigen.«

»Woher wusste sie, wo du arbeitest?«

»Das ist wohl allgemein bekannt«, sagte er selbstgefällig.

Wir rollten über die sonntäglich leeren Straßen in Richtung Innenstadt.

»Was hat die Stankow über dich hergezogen!«, fuhr der Reporter fort. »Ich würde schon sehen, was ich davon habe, mit einer Schlampe wie dir. Meint, du hättest ihrem Sohn wer weiß was angetan. Wollte natürlich das Heft zurück. Aber das« – er grinste schelmisch – »befand sich schon nicht mehr in meinem Besitz. Zu schade. Als ordentlicher Bürger hatte ich es der Staatsgewalt überantwortet.«

»Warum hast du mich nicht vorgewarnt?«

»Hab dich nicht erreicht. Und außerdem«, er lenkte den Wagen von der Ruhrallee über die Kleppingstraße, die den Hellweg durchschnitt, »habe ich dich gerade aus den Klauen ebenjener Staatsgewalt gerettet.«

Längst war die Straßenbahn vom Westenhellweg verbannt worden, sodass die elegante Geschäftsstraße allein den Fußgängern gehörte. Zwischen den Fassaden aus der Vorkriegszeit fand sich ein moderner Block. Hier residierte das Kaufhaus Karstadt.

An diesem frühen Sonntagnachmittag waren nicht viele Menschen unterwegs. Paare schlenderten über die Großstadtpromenade. Die Frauen warfen begehrliche Blicke auf schicke Schuhe und modische Damenkleidung in den Schaufenstern, während die Männer nicht minder sehnsüchtig auf das Reklameschild von Hansa Bräu schauten.

Wie gerne hätte ich jetzt eines der Cafés aufgesucht und mir ein Stück Schwarzwälder Kirschtorte mit einem Kännchen Kaffee schmecken lassen. Doch Luschinski führte mich weiter zu seinem Zeitungsgebäude. Ich kannte das Haus mit der modernen Fassade bisher nur von außen.

»Hier arbeitest du also«, stellte ich fest, als wir mit dem Fahrstuhl in den dritten Stock fuhren. Auch von innen wirkte das Gebäude noch recht neu. Durch die großen Fenster fiel helles Licht. Stapel mit aktuellen und älteren Ausgaben der RuhrRundschau lagerten in den Regalen. Es roch nach Druckerschwärze.

Luschinski öffnete eine Schublade an seinem Schreibtisch und zog mehrere Blätter heraus.

»Schau dir das an.«

»Freddys Aufzeichnungen?«, wunderte ich mich. »Ich dachte, du hättest sie der Polizei gegeben. Aber sie sind ja schwarz-weiß!« Das Pin-up-Girl verschwamm in Grautönen und war kaum noch zu erkennen. »Woher hast du das?«

»Wir haben einen Xerox«, erklärte er stolz. »Damit lassen sich Dokumente vervielfältigen. Eine Art elektrische Fotografie, eine Methode aus Amerika.«

»Also eine Durchschrift, für die man kein Kohlepapier braucht?«

»So ähnlich. Man legt das Blatt auf eine Platte, und es wird abfotografiert. Aber es muss nicht wie bei einem Foto in einer Chemikalienlösung entwickelt werden. Ein Patentanwalt hat das System Anfang des Jahrhunderts erfunden. So langsam setzt es sich durch.«

»Und ihr habt eine solche Maschine.« Ich gab ihm die Blätter zurück. »Sieh zu, dass das nicht in die falschen Hände gelangt! Was hältst du davon, wenn wir diese Blätter dem Stankow zeigen? Dem Betriebsrat?«

»Wie du meinst.« Er knallte seine Aktentasche auf den Schreibtisch. »Ich muss noch einen Artikel fertig schreiben.«

»Jetzt?« Ich gab mir keine Mühe, meine Enttäuschung zu verbergen.

»Martha, ich würde dich gerne ins Café einladen oder mit dir spazieren gehen. Was man sonntags so macht. Doch die Arbeit ruft!« Er rekelte sich. »Ein anderes Mal dann.«

»Schreibst du in dem Artikel auch etwas über mich?«

Er schüttelte den Kopf. »Natürlich nicht.«

Ich wandte mich zum Gehen.

Er rief mir nach: »Martha, wir verstehen uns doch. Wir sind beide so gut wie verheiratet – mit unserem Beruf!«

NEUN

Ich goss Wasser in den Filter und schnupperte, als sich der Duft nach Bohnenkaffee in der Küche verbreitete. Büchsenmilch und Marmelade standen bereit. Bei einer Scheibe Graubrot widmete ich mich der Zeitungslektüre.

»Streikwelle ebbt ab«, sprang mir als Schlagzeile ins Auge. »IG Metall fordert 14 v. H.« Der Arbeitgeberverband wollte noch am heutigen Montag darüber beraten. Offensichtlich hatte es am Wochenende auch in Bremen und Osnabrück Arbeitsniederlegungen gegeben.

In banger Erwartung schlug ich den Lokalteil auf. »Noch keine heiße Spur im Fall S.«, las ich. Der Artikel war kurz und sachlich. Die Polizei gehe davon aus, dass Friedrich S. Opfer eines Gewaltdelikts geworden sei. Es werde in verschiedene Richtungen ermittelt.

Eine Pastorin G. wurde weder als Zeugin noch als Verdächtige genannt. Ich atmete auf. Dieses Mal hatte Luschinski Wort gehalten.

Nun konnte ich halbwegs beruhigt das Frühstück beenden. Ein Aufschub war erwirkt. Ich würde die Sache selbst in die Hand nehmen und herausfinden, wer für Freddys Tod verantwortlich war.

An Trudis Bude standen zwei Trinker und leerten die erste oder zweite Flasche Bier an diesem Morgen. Vielleicht auch bereits die dritte.

»Das Fräulein Pastor!«, grüßte die Inhaberin erfreut. »Auch mal wieder unterwegs. Was darf's sein?«

Plötzlich hatte ich Heißhunger auf Süßes. »Einen Negerkuss, bitte!«

»'n Mohrenkopp! Ham wa doch da!« Sie griff in die Theke und reichte mir das Gewünschte. »Macht 'n Groschen. Aber weil Sie's sind, geht's aufs Haus! Bittschön!«

Vor der Luke knackte der nächste Bügelverschluss. »Prost«, sagte der Mann und hob mir die Flasche entgegen.

»Prost, Gemeinde!«, rülpste sein Kollege. »Kann ich dir ein' ausgeben, Mädchen?«

»Hömma!«, wies Trudi ihn zurecht. »Lass das Fräulein Pastor in Frieden. Die hat was Bessres vor. Muss wieder ein' unter die Erde bringen, was?«, sagte sie mit Blick auf das schwarze Kostüm. Ich nickte.

»Aber nich den Jungen, oder?«

»Nein. Die Polizei hat ihn noch nicht freigegeben.«

Sie stemmte die Hände in die Hüfte. »Jaja. War wohl gar nich lebensmüde, hab ich gehört. Hat einer draufgeschlagen, bevor's auf die Schienen ging!«

»Das scheint so zu sein.«

»Ham wir wieder 'n Schurken inne Siedlung. Das hat uns gerade noch gefehlt!«

»Ich muss weiter, Trudi.«

»Sie ziehen's aber auch an, Fräulein Pastor. Und der Junge – nee, nee, nee ...« Sie schüttelte den Kopf, sodass die weißen Dauerwellen glänzten. Das künstliche Licht verstärkte den violetten Schimmer. »Ich will ja nix sagen. Aber hättense da mal die Finger davon gelassen. Schöner Schlamassel!«

Also gab es doch Gerüchte.

»Die Leute reden immer, was das Zeug hält«, stellte sie sehr zutreffend fest. »Nich, dass Se denken, ich hätt da was mit zu tun! Unser Fräulein Pastor, die is über jeden Verdacht erhaben, sach ich immer. Dat is 'ne ganz Anständije, die tut keiner Fliege was zuleide.«

Ich stand wie angewurzelt.

»Und dabei dachten wir alle, der Reporter macht das Rennen. Is ja ein ganz Netter. Aber glaubenses mir: Wer bis vierzig nicht unter die Haube kommt, Finger wech! Der taugt nicht für die Ehe.«

»Trudi, ich darf doch nicht heiraten. Dann kann ich nicht mehr als Pastorin arbeiten«, wandte ich ein, doch die Trinkhalleninhaberin war jetzt in Fahrt gekommen.

»Und außerdem sind Sie ja auch nur 'n Mensch, sach ich immer. So 'n netter Junge, da kann man ja schon mal 'n Blick riskieren oder zwei, das is doch nur allzu menschlich. Also wer das nich versteht!« Sie stemmte wieder die Hände in die Hüften. »Und Sie sind ja 'ne ganz ansehnliche Person.«

Ich nickte stumm und wünschte mich weit weg.

»Sie sind ja ganz blass umme Nase, Fräulein Pastor! Wollen Sie 'n Klaren? Is wie Medizin!«

»Nein, danke«, flüsterte ich, immer noch unfähig, mich vom Fleck zu rühren.

»Böse Menschen gibt's überall«, fuhr sie fort. »Die Mutti von dem Jungen, dat is 'n richtiger Drachen. Der Vatta, der dauert einen inne Seele. Hat ja wohl noch 'n Kind, 'n kleinet, aber der is nich richtig im Kopp. Hier, nehmen Sie! Sie kippen mir ja noch um!« Sie schüttete helle Flüssigkeit in ein Pinnchen. »Bittschön, Fräulein Pastor!«

Automatisch setzte ich das kleine Glas an die Lippen und trank.

Eine alte Frau mit Filzmütze betrat die Trinkhalle. »Frau Henrich! Sie sollen doch hier nich rein!«, schimpfte Trudi.

»Gibt's Kaffee?«, fragte die alte Dame und nahm den Hut ab.

Trudi verneinte. »Gibt gar nix hier!«

»Das is aber nich nett von Ihnen!«, maulte sie, nahm die Mütze ab und zog das Haarnetz herunter. Weißgraue Haarsträhnen lösten sich und fielen fast in den Behälter mit dem Mäusespeck.

»Raus hier!«, sagte Trudi energisch.

Ich lotste sie zur Tür. »Wie geht's Ihnen, Frau Henrich?«, fragte ich.

»Ach jaja. Ich sach immer, wenn's so bleibt.«

»Prost, Gemeinde!«, sagte der Mann draußen, der mir einen hatte ausgeben wollen.

Ich hob das leere Pinnchen. »Der Vorstand zahlt!«, antwortete ich mit einem Anflug von Galgenhumor.

Als ich zur Stahlhütte radelte, roch es penetrant nach faulen Eiern. Ich rümpfte die Nase, in Gedanken noch bei der Beerdigung der alten Dame, deren Kinder und Kindeskinder dem Sarg gefolgt waren. Auf der Rheinischen Straße schlingerte mein Fahrrad. Der Vorderreifen hatte sich auf dem feuchten Asphalt in den Schienen verfangen. Von hinten näherte sich laut bimmelnd die Straßenbahn. Der Fahrer legte eine Vollbremsung hin, doch mittlerweile hatte ich mein Rad wieder unter Kontrolle gebracht und erreichte die gegenüberliegende Straßenseite. »Pass doch auf, Kaline, du …!«, brüllte mir der Fahrer hinterher und drückte wieder mächtig aufs Gas, dass die Oberleitung Funken schlug. Da rutschte mir die Tasche mit dem Talar vom Gepäckträger.

Jemand hob sie auf, und als ich mich von dem Schreck erholt hatte, blickte ich in Luschinskis Gesicht.

»Heute bin ich mal pünktlich!«, stellte er fest und zwinkerte mir zu.

»Und dafür soll ich dich jetzt loben?« Das Geplänkel tat mir gut.

Prüfend sah er mich an. »Wie siehst du denn aus?«

Ich fuhr mir durch das Haar und ertastete Strähnen, die sich im Regen aus dem Knoten gelöst hatten. »Stimmt etwas nicht mit mir?«

»Du siehst aus, als wärst du untern Bus gekommen.«

»Beinahe unter die Straßenbahn.«

»Hab's gesehen! Aber du lebst ja noch!« Er boxte mich aufmunternd an den Oberarm. »Auf in die Höhle des Löwen!«

Der Pförtner winkte uns durch. »Der Reporter! Auch mal wieder da!« Der angegraute Hemdsärmel rutschte bis zum Ellbogen. »Heut sogar in Begleitung! Braucht ihr 'n Helm?«

Luschinski verneinte. »Bloß zur Kantine!«

»Kennen dich eigentlich alle?«, fragte ich, nachdem wir die Loge passiert hatten.

»So ziemlich!«, sagte er mit gespielter Bescheidenheit.

»Und nun?«

»Mittagstisch. Belegschaft.« Der hämmernde Lärm des Stahlwerks gab den abgehackten Rhythmus unserer Unterhaltung vor.

»Kommen wir rein?«

»Klar!«

»Ich auch?«

»Im Kostüm?« Er stupste mich an. »Du« – er wies auf mich – »Stankow! Ich« – sein Zeigefinger richtete sich auf seine Brust beziehungsweise die Kamera – »Malocher!«

»Blätter? Freddy, Tagebuch?«

Er öffnete den Verschluss der Ledertasche und entnahm ihr die abfotografierten Seiten. »Hier.« Die Stahlstadt war in vollem Betrieb. Wagen und Waggons fuhren auf der Straße und auf der Schiene, Schlote qualmten, Funken flogen. Rötliches Licht gleißte aus den Werkshallen. »Stahlabstich«, brüllte Luschinski, der ein flottes Tempo vorgab. Mein Rad hatte ich vor dem Werksgelände stehen lassen.

In der Kantine hörte man die Maschinengeräusche nur noch gedämpft, doch auch hier war es laut. Tiefe Männerstimmen schwirrten durch den Raum, Besteck klapperte auf Geschirr. Arbeiter saßen an Holztischen und aßen von ihren Tellern. Einige wenige wickelten Stullen aus Butterbrotpapier. Vereinzelt sah ich Henkelmänner, aus denen die Arbeiter Mitgebrachtes verzehrten. Gerüche nach Kohl und Fleisch mischten sich mit Rauchschwaden. Bei näherem Hinsehen entdeckte ich obszöne Schnitzereien auf den Möbeln. Ich fühlte mich fehl am Platz. Die einzigen Frauen, die ich ausmachen konnte, trugen blaue Kittel und luden an der Ausgabe Essen auf Teller. Mich beachtete niemand. Luschinski steuerte auf eine der Gruppen zu, klopfte jovial auf kräftige Schultern und ließ sich schließlich nieder. Ich stand da wie bestellt und nicht abgeholt.

Gerade als ich gehen wollte, berührte mich jemand am Arm. Ich sah in das Gesicht von Betriebsrat Stankow, begleitet von einem anderen Mann, beide im Blauzeug.

»Kann ich helfen?«

»Ich habe nach Ihnen Ausschau gehalten!«

Der andere stieß einen anzüglichen Pfiff aus. »Hört, hört! ’ne hübsche junge Dame hat nach dir geschaut! Na, Fritz?«

»Stören Sie sich nicht daran«, befand Stankow. »Gehen wir in mein Büro!«

Dieses Mal ließen wir die Waschkaue links liegen, Stankow betrat das Verwaltungsgebäude im Blauzeug. In seinem Büro bot er mir den Besucherstuhl an und entschuldigte sich für einen Moment.

Ich nahm seinen Arbeitsplatz in Augenschein. Auf dem Linoleumboden stand ein moderner Schreibtisch aus Furnierholz.

Darauf lagen Akten, beleuchtet von einer Schreibtischlampe mit Metallschirm. Allerdings vermisste ich eine Schreibmaschine; vermutlich ließ er irgendwo im Haus tippen. Die Regale enthielten neben den Ordnern auch Bücher, einige davon mit Ledereinband.

Ich griff nach einer Zeitschrift, die auf einem kleinen Tisch lag. »Werk und Wir«, entzifferte ich auf dem Titelblatt, offensichtlich die Werkszeitung. Noch bevor ich sie durchgeblättert hatte, kehrte Stankow zurück, nun im Sakko, eine blaue Krawatte umgebunden.

Er ließ sich in den Bürostuhl fallen. »Was führt Sie zu mir, Fräulein Gerlach?«

Ich packte Freddys Aufzeichnungen aus und legte sie ihm hin. »Kommt Ihnen das bekannt vor, Herr Stankow?«

Er griff nach seiner Lesebrille und überflog das Geschriebene. »Freddy?«

»Ist das seine Handschrift?«

»Ja. Es handelt sich nicht um das Original?«

»Das originale Tagebuch befindet sich bei der Polizei.«

Als er das Bild des halb nackten Mädchen sah, huschte ein schmerzliches Lächeln über sein Gesicht. »Er hat sich nicht für Mädchen interessiert, da dachte ich …«

»Da wollten Sie nachhelfen, indem Sie Bilder von hübschen Mädchen besorgen? Das Gleiche wie in Ihrem Spind.«

»Sieht Ihnen ein wenig ähnlich!« Dann merkte er, wen er vor sich hatte. »Nichts für ungut, Fräulein Pastor! Ich habe mir Gedanken über Freddy gemacht.«

»Er war doch erst neunzehn!«

»Ein Spätzünder, was die Mädchen betrifft.« Er zog eine Packung Ernte 23 aus der Schublade und bot mir eine an. Ich schüttelte den Kopf.

Er klopfte eine heraus: »Sonst rauche ich nicht. Aber jetzt … Sie erlauben?«

Ich nickte. Kurz darauf breitete sich der Qualm aus. In die Redepause dröhnten Hammerschläge und Motorengeräusche von draußen.

»Freddy hat es nicht leicht gehabt. Die Scheidung. Seine Mutter … Sie haben sie ja kennengelernt.«

Ich nickte.

»Ich habe auch Fehler gemacht.« Er räusperte sich. »Wir haben jung geheiratet. Ich war einundzwanzig, sie war neunzehn. Wir mussten heiraten, weil Freddy unterwegs war. Damals war das so.« Also war er jetzt Anfang vierzig. Trotz der Halbglatze und der tiefen Furchen zwischen Nase und Lippen hatte er sich einen jugendlichen Habitus bewahrt.

»Ich hab auf der Hütte gearbeitet, Schicht um Schicht. Abends bin ich mit den Kumpels los, einen heben. Hab getrunken, nachher sogar bei der Arbeit, immer mehr … mit der Treue habe ich es auch nicht so genau genommen. War ein paarmal bei den Mädels in der Linienstraße, bei den käuflichen, weil's bei uns nicht mehr lief.« Seine Offenheit ließ erkennen, dass er mich in erster Linie als Seelsorger wahrnahm und nicht als junge Frau.

Er sah zu Boden. »Meine Frau war unglücklich, und ich habe es nicht bemerkt. Dann habe ich sie mit 'nem Kerl erwischt. Im Bett. In unserm Bett.« Seine Stimme klang hart, sein Kiefer malmte. »Mit 'nem Kumpel von mir. Sie sagte auch noch frech: ›Das hast du nun davon!‹ Ich habe sie rausgeschmissen. Sie ist ins Negerdorf gezogen. Dann kam die Scheidung.«

»Und Freddy?«

Jetzt blickte er mich an. »Blieb bei ihr. Was sonst?«

»Sie haben nicht gezahlt?«, packte ich den Stier bei den Hörnern.

»Meine Ehemalige wurde schuldig geschieden. Ehebruch. Soll ich zahlen, wenn sie 'n anderen Kerl hat? Das musste ich nicht. Gott sei Dank.«

»Und Freddy?«, beharrte ich.

Er drückte die Zigarette aus und machte eine unbestimmte Handbewegung.

»War keine gute Zeit damals«, wich er aus. »Ich hab getrunken, wollte nichts mehr mit allem zu tun haben. Hab dann wieder geheiratet. Dann kam noch ein Kind. Ein Sorgenkind.«

Also hatte Trudi recht gehabt.

»Sah erst so aus, als würd's nicht durchkommen. War immer krank.«

»Es lebt?«

Fahrig zündete er die Nächste an. »Ja. Ist 'n Sorgenkind geblieben. Spricht kaum, mit fünf. Ich weiß auch nicht, wie's mit der Schule werden soll. Wir werden ihn zurückstellen müssen.«

»Und Ihre Frau?«

»Meine zweite Frau? Trinkt. Lässt sich nicht von abbringen. Ich habe aufgehört. Habe mich im Werk hochgearbeitet. War früher an der Walze, erst Vertrauensmann, dann die Wahl zum Betriebsrat. Bin Gewerkschafter, in der IG Metall, wie alle hier. Jetzt sogar Sprecher für den Betriebsrat. Für die Stahlhütte«, sagte er stolz.

»Ich habe Sie im Radio gehört.«

»Mit meiner Frau, das ist ein trauriges Kapitel. Sitzt zu Hause und weiß nichts mit sich anzufangen. Vormittags ist das Kind im Kindergarten. Danach kümmert sich die Oma, die Mutter ist dann meist betrunken.«

»Deshalb sind Sie nach Freddys Tod gleich wieder zur Arbeit gegangen?«

»Ich hab nur noch die Arbeit. Jetzt, wo Freddy tot ist.« Er wischte sich über die Stirn. »Gerade, wo wir uns wieder angenähert hatten.«

Er zündete eine weitere Zigarette an.

»Eine zweite Scheidung will ich nicht. Außerdem, was wird dann aus dem Kleinen? Ich kann ihn nicht bei der Mutter lassen. Wenn ich dem Freddy schon nicht helfen konnte ...«

»Was meinen Sie, wer schuld hat?«, fragte ich. »An Freddys Tod?«

Er rieb sich das Kinn. »Der Bönke ist drübergefahren. Der war betrunken, den sollten sie drankriegen!« Seine Stimme klang belegt.

»Vorher gab es ja wohl auch schon eine Verletzung.«

Er wischte mit der Hand durch die Luft. »Was soll das alles noch? Freddy ist tot. Ich hätte mich mehr kümmern sollen. Zum Schluss war er oft hier, ich hab mit ihm über alles reden können. Wie mit einem richtigen Mann.«

»Hatte Freddy Feinde? Menschen, die ihm nicht wohlgesonnen waren?«

Der Betriebsrat schüttelte den Kopf. »Der Freddy? Ach wo. Alle mochten ihn.«

Wir schwiegen.

Dann sagte er: »Wie machen wir es mit der Beerdigung?«

»Mit der Beerdigung?«

»Am Donnerstag um elf Uhr. Sind Sie nicht deshalb gekommen?«

»Mein Kollege wird die Traueransprache halten«, erwiderte ich steif. Skendzik hatte es nicht einmal für nötig gehalten, mich zu informieren.

Stankow beugte sich vor und ergriff meine Hände. Ernst schaute er mir in die Augen. »Fräulein Gerlach, Sie haben ihn gemocht, ich spüre es. Sie standen ihm nahe. Sie sollten ihm den letzten Dienst erweisen und die Bestattung halten.«

Die Katzenmusik ging durch Mark und Bein. Ich beschloss, dem stümperhaften Geklimper ein Ende zu setzen.

»Guten Tag, Karin.«

Sie fuhr auf dem Klavierhocker herum. »Ja, Fräulein Gerlach?«

Der Saal war zu groß für ein Gespräch unter vier Augen. Ich wies auf die Tür zum Nebenraum. Die Dielen knarrten unter unseren Füßen, als wir uns den schmucklosen Holzstühlen näherten.

»Nimm Platz, Karin.«

Neugierig sah sie mich an. »Geht es um Freddy, Fräulein Gerlach?«

»Allerdings. Darf ich dich etwas fragen?«

Sie ließ eine Kaugummiblase vor dem Mund entstehen und nickte.

»Wie gut kanntest du Freddy Stankow?«

Die Blase platzte. »Er hat mich gefragt, ob ich mit ihm gehen will.«

Also hatte ich seinerzeit richtig beobachtet.

»Was hast du geantwortet?«

»Jaaaa«, dehnte sie. »Beim zweiten Mal habe ich Ja gesagt. Ich wollte endlich einmal wissen, wie das ist ...« Sie ließ den Satz in der Luft hängen.

»Was habt ihr denn miteinander gemacht?«, fragte ich ungeschickt.

»Ach. Einmal waren wir spazieren. Und dann haben wir ›Bonanza‹ gesehen. Mutti war bei ihrer Freundin, sie verdient als Avon-Beraterin dazu. Meine Schwester habe ich weggeschickt.«

Sturmfreie Bude und dann einen Western anschauen:

Die Jugend von heute hatte ihre eigenen Vorstellungen. »War deine Schwester nicht neugierig?«

»Ach, ich habe ihr eine Mark gegeben. Für Kino oder so. Aber ich glaube, sie hat sich wieder hereingeschlichen.«

Sie blies wieder den Kaugummi auf. »Egal. Gab sowieso nichts zu sehen. Freddy hat mir den Arm umgelegt. Er hat nicht einmal versucht, mich zu küssen.«

Ich wartete ab.

»Dann habe ich es mal probiert. Er machte mit, aber es klappte nicht so, nicht wie im Kino oder in der Bravo. Irgendwie nur …« Sie schnalzte mit der Zunge. »Nass und bäh!«

Ich nahm ihn in Schutz. »Er war erst neunzehn.« Mir war das Nachforschen in der Intimsphäre des Toten unangenehm, doch der Zweck heiligte die Mittel.

»Er war ein Jahr älter als ich. Er ist sitzen geblieben.«

»Meinst du, er wollte nicht näher mit dir in Kontakt treten?«

»War irgendwie nicht von dieser Welt, immer mit der Flöte zugange.« Sie zuckte mit den Schultern.« Ich glaube, der hatte noch nie was mit 'nem Mädchen. Ein Spätzünder«, fügte sie altklug hinzu.

Ungewollt stiegen Erinnerungen auf. Ich versuchte, sie zurückzudrängen.

»Wart ihr weiterhin befreundet?«, fragte ich mit belegter Stimme.

Sie kaute nachdenklich auf dem Gummi. »Einmal hab ich's noch probiert, im Jugendkeller, in der Fummelecke. Das ging überhaupt nicht, er war steif wie ein Brett. Na gut, der Ernst und die Helga waren nebenan. Aber die sagen nichts. Die sind nicht so verklemmt. Überhaupt, der Ernst!« Ihr Blick wurde schwärmerisch.

»Ist der Ernst nicht verheiratet?«, erinnerte ich sie.

»Jaaaa«, dehnte sie wieder, »schon. Aber das muss ja nichts heißen. Ich glaube, die Helga, die versteht ihn nicht. Außerdem ist sie viel zu alt für ihn.«

Was für ein Früchtchen, dachte ich. War ich in dem Alter genauso? Andererseits saß ich nun selbst im Glashaus. Da sollte ich besser nicht mit Steinen werfen.

Nebenan spielte wieder jemand Klavier, dieses Mal den Flohwalzer. Bevor ich der Stümperei ein Ende bereiten konnte, betrat Ernst Skendzik den Raum. Karin wickelte eine blonde Strähne um ihren Finger und leckte sich über die Lippen.

Ich gab Ernst ein Zeichen. Es gab einiges zu besprechen.

»Der Herr Superintendent hat es so entschieden!« Ernst strich sich nachdenklich über den Bart.

»Hättest du mir nicht wenigstens das Datum der Bestattung mitteilen können?«

»Du hast es doch inzwischen erfahren.«

»Vom Vater persönlich. Hast du schon mit ihm gesprochen?«

»Ich habe mit der Mutter geredet. Freddy hat bei ihr gelebt. Sie hat ihn allein großgezogen; er hat sich wenig gekümmert.«

»In letzter Zeit schon. Besser spät als nie!« Ich lächelte schief. »Du weißt, dass die beiden zerstritten sind?«

»Wer wüsste das nicht?« Er schüttelte den Kopf. »Martha«, sagte Ernst dann sehr sanft. »Ich verstehe: Du hast ihn konfirmiert. Trotzdem bin jetzt ich zuständig. Bitte, lass mich meine Arbeit tun!«

»Und mein guter Ruf wird durch den Schmutz gezogen? Es gibt Gerede!«

»Martha! Dieses Mal geht es nicht um dich. Ein junger Mann ist verstorben. Er war das Ein und Alles seiner Mutter! Sie kann es nicht fassen. Und du denkst an das Gerede der Leute?« Mit zusammengezogenen Augenbrauen schaute er mich finster an.

Skendziks Frau betrat den Raum, groß und rundlich, dabei wohlproportioniert. Sie schüttelte die langen Haare in den Nacken und reichte mir die Hand.

»Guten Tag, Martha. Wie geht es dir?«

»Danke, Helga, gut«, log ich.

»Kommst du, Ernst?«, forderte sie ihren Mann auf.

Er nickte gehorsam. »Bitte, entschuldige mich«, sagte er und folgte ihr. Gleich groß und beide mit dunklen Haaren wirkten sie wie Schwesterchen und Brüderchen.

Vom Fenster aus beobachtete ich, wie das Paar in das Auto stieg, einen unauffälligen braunen Opel Kadett.

ZEHN

Mein Blick blieb an der Dartscheibe hängen. Auf der mit Ornamenten bedruckten Tapete unter dem Hirschgeweih vervollständigte sie das rustikale Ambiente des Vereinsheims auf skurrile Art und Weise.

Ich schloss die Augen und stellte mir vor, einen Pfeil in die Hand zu nehmen, mich zu konzentrieren und genau die Mitte zu treffen. Alles wäre gelöst, und endlich könnte man die wirre, unselige Geschichte abschließen, die sich mehr und mehr zum Alptraum entwickelte.

So viel war geschehen, seit Luschinski und ich vor einer Woche hier saßen, vieles, das Rätsel aufgab.

Septemberstreik bei Hoesch. Der Unfall, bei dem Freddy überfahren worden war. Die Erkenntnis, dass ihn jemand tödlich verletzt und auf die Gleise gelegt hatte. Das Tagebuch, das mich belastete. Der Verdacht, ich hätte einen jungen Mann bedrängt. Die unangenehmen Verhöre, nachdem klar war, dass eine Gewalttat vorlag.

Stand ich unter Tatverdacht? Besonders schmerzte mich, dass ich bei meinem Chef in Ungnade gefallen war. Ihn respektierte ich mehr als jeden anderen Menschen. Meinen Kollegen Ernst konnte ich nicht einschätzen. Solidarisierte er sich mit mir, oder schwamm er mit dem Strom und schlug sich auf die Seite des Stärkeren? Über allem hing eine undurchdringliche Wolke von Gerüchten, und mein Ruf war beschädigt. Die unglückselige Verquickung war nicht von der Hand zu weisen; Freddys Tod hatte unseren letzten persönlichen Kontakt ans Licht der Öffentlichkeit gezerrt.

Jemand will dir Böses. Vertraue nicht zu viel. Achte auf die Zeichen. Schluss! Martha, hör auf mit dem Selbstmitleid. Und führe uns nicht in Versuchung, sondern erlöse uns von dem Bösen. Und führe uns nicht in Versuchung! Schluss jetzt! Schluss!

»Womit?« Unbemerkt hatte Luschinski die Schankstube betreten und ließ sich mir gegenüber auf den Stuhl fallen. Offensichtlich hatte ich die letzten Worte laut gesprochen. »Führst du jetzt schon Selbstgespräche, Martha? Erste Anzeichen für Altersschwäche?« Er sah mich amüsiert an und zwinkerte mir zu. »Außerdem ist dein Glas leer!«

»Schon wieder zu spät!«

»Entschuldige, die Arbeitgeber haben so lange verhandelt!«

»Mit welchem Ergebnis?«

»Kannst du morgen in der Zeitung lesen. Heute ist eine andere Geschichte dran. Die von Antek und Frantek.«

»Du meinst diese polnischen Witzfiguren?«

»War nur ein Scherz!«

Monika setzte ihm ungefragt eine Pilstulpe mit frisch Gezapftem vor. Er leerte sie in einem Zug. Ein Schaumtupfer blieb an seiner Nasenspitze hängen.

»Noch eine Africola für mich«, bestellte ich. Während Monika das nächste Bier zapfte, langte Luschinski in die Ledertasche und holte einige Blätter heraus. Sie waren aus rotem Papier und mit schwarzer Schrift bedruckt, bei der schlechten Beleuchtung schwer zu entziffern.

»Da, habe ich dir mitgebracht.«

»Heiße Eisen«, las ich. »Was ist das?«

»Die Betriebszeitung der DKP, Deutsche Kommunistische Partei. Sie wird außerhalb des Werks hergestellt, auf Matrizen geschrieben und abgezogen. Dann verteilen die Kommunisten sie an den Werkstoren, vor der Schicht.« Er nahm noch einen Schluck Bier. »Der Lokführer ist einer der Eifrigsten.« Ich erinnerte mich an Bönkes Ansichten und nickte. »Er hat die DKP-Betriebsgruppe auf Stahlhütte gegründet. Der Vorstand liest das Blättchen immer zuerst!« Er wies auf die roten Blätter. »Aber auf der Stahlhütte gibt's massive Vorbehalte gegen die Kommunisten. Man munkelt, keiner von ihnen hält sich lange. Auf der Westfalenhütte werden diese Umtriebe eher geduldet.«

Ich nippte an der dunklen Brause in meinem Glas.

»Schön und gut, Luschinski«, schnitt ich ihm das Wort ab. »Was hat das alles mit dem Tod von Freddy Stankow zu tun?«

»Wart's ab!« Er leerte das zweite Glas und gab Monika ein Zeichen. »Stankow war früher ebenfalls in der Kommunistengruppe.«

»Als Betriebsrat?«

»Als Vertrauensmann. Die Vertrauensleute treffen sich alle drei Monate zur Vollversammlung. Sie sind das Bindeglied zur Gewerkschaft, und der Betriebsrat hält sie nach den Sitzungen auf dem Laufenden, damit sie Informationen weitergeben. Stankow und Bönke waren beide dabei und außerdem gute Kumpels. Unzertrennlich. Sie kämpften für die Rechte der Arbeiter, für mehr Lohn und Mitbestimmung, auch als 1966 die Stahlhütte von Hoesch übernommen wurde. Nach dem Krieg hatten beide in der Stahlhütte angefangen, machten eine Lehre zum Walzendreher, malochten Seite an Seite. Bönke war immer der brillante Redner, der sie alle überzeugen konnte. Stankow der Ehrgeizige. Bönke hat dafür gesorgt, dass Stankow in den Betriebsrat gewählt wurde, damit ein Kommunist auf diesem Posten ist. Einer, der klare Linie zeigt.«

»Warum hat er sich nicht selbst aufstellen lassen?«

»Bönke ist nicht der Typ dafür. Du hast ihn ja erlebt, ein Demagoge, aber kein guter Stratege. Zu aufbrausend und gefühlsbetont. Deshalb sollte Stankow ran. Bönke konnte die Massen mobilisieren, doch Stankow war der mit mehr Grütze im Schädel!« Luschinski tippte sich mit dem Zeigefinger an die Schläfe. »Kaum war Stankow gewählt, drehte er den Kommunisten die lange Nase. Das ›heiße Eisen‹ wurde ihm wohl zu heiß.«

Der Reporter gluckste und leerte das nächste Bier auf ex. »Also wechselte er zu den Sozis. Bönke war stinksauer.«

»Wer hat uns verraten? Sozialdemokraten!«

Der Reporter nickte. »Bönke war beliebt im Werk. Er verfügt über gute Kontakte, auch zur Westfalenhütte. Also bekam er Wind von einem Brief der Konzernleitung an die Aktionäre. Die Aktionäre sollten mehr Dividende bekommen. Die DKP-Betriebsgruppe war empört. Bei einer Affenhitze hatten sie Sonderschichten gefahren, und jetzt sollten die Aktionäre den Reibach machen. ›Jetzt reicht's‹, fanden sie. Sie forderten zwanzig Pfennig, der Vorstand bot fünfzehn, das war ihnen zu wenig ...«

»Ging der Streik nicht auf der Westfalenhütte los?«

»Ja, da kochte der Zorn der Malocher zuerst hoch. Sie waren nach der Zusammenlegung der Werke die Gekniffenen, weil sie im Vergleich zu wenig bekamen. Bönke hat die Sache auf der Stahlhütte vorangetrieben.«

»Warum hat der Betriebsrat nicht härter verhandelt?«

»Noch vor Ende der Verhandlungen brach der Streik aus, obwohl es ein neues Ergebnis gab: ab dem 1. September zwanzig Pfennig mehr unter Anrechnung auf die zu erwartende Lohnerhöhung. Aber es war zu spät. Die Arbeiter hatten das Taktieren satt. ›Hoesch-Arbeiter, erwache!‹ Sie forderten nun dreißig Pfennig. Bönke immer an der Spitze … Der Betriebsrat war zu zögerlich. Wie es ausgegangen ist, weißt du.«

»Der Betriebsrat hat sich solidarisiert!« Ich erinnerte mich an die Radiosendung.

»Stunden später. Zu spät, viel zu spät, wie die Streikführer meinten. Bönke spricht von Sabotage. Er meint, Stankow hätte es absichtlich hinausgezögert, weil er mittlerweile so dicke mit der Betriebsleitung ist. Böhnke macht überall Stimmung gegen seinen Exkumpel.«

»Was sagen die anderen?«

Luschinski wiegte den Kopf. »Die einen so, die anderen so. Obwohl …« Er zog die Stirn kraus. »Wenn Stankow tatsächlich dem Vorstand nach dem Mund redet, dann ist er schnell weg vom Fenster.« Er schmunzelte. »Gibt da 'ne nette Geschichte. Die Streikenden haben eine Puppe von Harders aufgehängt, dem Vorstandsvorsitzenden …«

»Ich weiß.«

»Daraufhin soll Frau Harders gesagt haben: ›Es wird Zeit, dass mal wieder einer erschossen wird!‹ Die Arbeiter waren empört und fuhren zur Villa von Harders, irgendwo in den Süden, und protestierten.«

»Und was hat das alles jetzt mit dem Tod von Freddy Stankow zu tun?«

»Warte. Es gibt da noch eine private Geschichte zwischen Bönke und Stankow, allerdings schon Jahre her. Da hat Stankow seine Frau mit Bönke, nun ja …«

»Im Ehebett angetroffen.«

»Du weißt davon?«

»Stankow hat's mir erzählt. Allerdings fiel der Name Bönke nicht.«

»Sie rauften sich wieder zusammen, kämpften weiter gemeinsam für die Sache. Bönke heiratete, allerdings nicht Stankows Frau. Stankow heiratete wieder und bekam noch ein Kind. Hörte auf zu saufen.«

Luschinski bestellte das nächste Bier.

»Meinst du, es war Rache?«, kürzte ich seine Ausführungen ab. »Stankow hatte allen Grund, auf Bönke sauer zu sein.«

»Weil der Bönke dem Stankow Hörner aufgesetzt hat? Das ist Jahre her …«

»Ich glaube, so etwas vergisst man nicht.«

Ich sah wieder auf die Dartscheibe. War das jetzt der Treffer?

»Angenommen, Bönke wollte es Stankow heimzahlen, weil er durch Bönkes Unterstützung in den Betriebsrat gewählt wurde und dann ein falsches Spiel gespielt hat. Könnte Bönke an Freddy Rache genommen haben?«

»So sind Männer nicht.« Luschinski leerte das Bier. »Außerdem hätte dann eher Stankow einen Grund gehabt.«

»Die Geschichte ging ja weiter.«

»Denkst du, Bönke hat Freddy einen übergezogen? Als alle außer Rand und Band waren über die dreißig Pfennig und keiner mehr aufgepasst hat?«

»Das könnte doch sein. Freddy hat am Bahnhäuschen Flöte gespielt, wie schon so oft. Bönke, schon abgefüllt, verabscheut das ›Quietschen‹. Er nähert sich von hinten, sieht den Sohn seines Kontrahenten, der ihn verraten hat. Da packt ihn die Wut, und er schlägt zu. Hinterher legt er ihn auf die Schienen und fährt drüber, um die Spuren zu verwischen.«

»Traust du ihm das zu?«

»Du hast ihn an dem Abend bei mir abgeliefert. Du weißt, in welchem Zustand er war.«

»Eben. Volltrunken. Er konnte nichts mehr planen, geschweige denn ausführen.«

»Vielleicht hat er sich auch erst danach die Kante gegeben. Wo warst übrigens du, Luschinski?«

»Ich bin mit den Demonstranten durch die Innenstadt, dann zur Westfalenhütte, zwischendurch zur Zeitung, danach zur Stahlhütte. Hab's Auto stehen lassen und mitgefeiert …«

»… und mitgesoffen!«

»Ja, das auch!« Er zog die Stirn kraus. »Plötzlich hieß es, ein Unfall. Der Lokführer hat einen überfahren. Die Sanitäter haben sich gekümmert und ihn vom Gelände geschafft. Dann kam Bönke angetorkelt. Irgendwer sagte, der muss jetzt nach Hause, und zwar dalli, damit keiner merkt, wie blau er ist. Da habe ich ihn mitgenommen.«

»Keine Polizei?«

»Erst mal nicht. Hatten doch alle gesoffen!«

»Also ist Bönke ein Kandidat.«

»Möglich. Er war wütend und stark genug, um Freddy vor die Lok zu legen. Stark wie ein Bär.«

»Betrunken genug, um drüberzufahren!«, ergänzte ich.

Luschinski fuhr sich durch die Haare, und ich bemerkte die Geheimratsecken an den Schläfen. »Allerdings eine Frage bleibt offen: Hast du mal überlegt, wie die Flöte in den Schrebergarten kam und wie dein Mantelknopf in die Flötentasche gelangte?«

Ich zögerte. »In der Tat. Darauf weiß ich keine Antwort.«

Ein Mann näherte sich der Musikbox.

Luschinski gab Monika ein Zeichen. »Lass uns abhauen, bevor der Kasten wieder plärrt!«

»Zu spät«, sagte ich lachend.

»Anuschka«, schepperte es aus dem Lautsprecher.

Wieder hatte der Reporter seinen roten Käfer vor der Anlage geparkt, und wieder roch es nach Gras und Erde mit einem Hauch von Abwasser. »Dieses Mal darfst du mich mitnehmen!«

Er öffnete die Beifahrertür: »Bitte sehr, gnädiges Fräulein! Hast du keine Angst, dass ich dich kompromittiere?«

»Darauf kommt es nun auch nicht mehr an!«

»Warte, da liegt noch was auf dem Sitz!« Luschinski zog ein Gerät zur Seite und legte es vor die Handbremse. »Mein neuer Kassettenrekorder!«

Er startete den Motor. Noch bevor er den Gang einlegte,

drückte er auf einen Knopf. Kurz darauf spielte ein Saxofon eine schräge Melodie. Leicht verzerrt tönte sie aus dem kleinen Apparat und verstärkte die traurig-schöne Stimmung dieses Septemberabends.

Eine raue Frauenstimme setzte ein und besang die »Summertime«.

»Sommerzeit«, übersetzte ich. »Wer singt das?«

»Janis Joplin, eine begabte Sängerin. Sie ist vor einigen Wochen groß herausgekommen, beim Woodstockfestival.«

»Woodstockfestival?«

»Ein Fest mit Hippiemusik in Amerika! Da wäre ich gerne dabei gewesen! Im Land der unbegrenzten Möglichkeiten statt hier im Kohlenpott.« Er seufzte. »Streik und Arbeitskampf statt Sex and Drugs and Rock 'n' roll!«

Verzückt lauschte er der krächzenden Stimme und der jaulenden elektrischen Gitarre.

»Gefällt es dir?«

»Ehrlich gesagt, Luschinski: Klassische Musik höre ich lieber.«

»Ich weiß. Mozart, nicht wahr? Die Königin der Nacht. Am liebsten geblasen! Auf der Flöte von Freddy Stankow.«

ELF

Nachts schreckte ich auf. Schwer wie ein Stein lag der Alp auf meiner Brust. Als ich ihn abschütteln wollte, fasste ich in weiches Fell. Eines der Kätzchen war auf das Bett geklettert und bearbeitete meinen Oberkörper mit den Pfoten.

»Runter da!«, rief ich und setzte das Bündel auf den Boden.

Dann stand ich auf, raffte das Nachthemd zusammen und öffnete das Fenster zum Westpark.

Die kühle Nachtluft trocknete den Angstschweiß auf meiner Stirn. Mitternacht war vorüber. Schemenhaft nahm ich Gestalten wahr, die durch den Park mit dem schönen alten Baumbestand huschten. Ich blätterte in der Bibel, die auf dem Nachttisch bereitlag.

»Selig sind die Friedfertigen«, las ich im trüben Schein der kleinen Leuchte vor dem Fenster. »Liebet eure Feinde. Bittet für die, die euch verfolgen.«

Im Park rief ein Käuzchen.

»Jetzt fehlt nur noch die schwarze Katze!«, seufzte ich. Etwas rieb sich an meinen Beinen. Es war Susi. »Zum Glück bist du gescheckt«, sagte ich und kraulte sie hinter den Ohren.

Ich hatte schwere Tage durchzustehen, so viel war gewiss.

Ich musste mich rüsten.

Vor dem Gemeindehaus stand Michi und weinte bitterlich. »Tante Matta! Flummi is wech!«, schluchzte er.

»Wo ist er denn?«, wollte ich wissen.

»Da!« Er zeigte auf den Gully.

»Ist er hineingefallen?«

»Nein, geschmissen!«

»Warum hast du ihn hineingeschmissen?«

Er weinte noch mehr. »Ich nich! Junge da!« Er zeigte auf eine Gruppe von Halbwüchsigen, die verlegen die Hände in die Hosentasche gesteckt hatten. Zwei meiner Konfirmanden waren darunter, Pit und Werner.

»Habt ihr Michi den Flummi weggenommen?«

Sie sahen zu Boden.

»Antwortet!«

»Wir haben nur gespielt, Fräulein Gerlach«, sagte Werner.

»Wenn er in den Gully gefallen ist, dann kauft ihr Michi einen neuen!«

»War keine Absicht«, maulte Werner.

Wieder verschwanden die Hände in den Taschen.

»Darüber reden wir noch, gleich im Konfirmandenunterricht«, befand ich.

Keck sah er mich an. »Fräulein Gerlach, darf ich Sie etwas fragen?«

»Ja, bitte!«

»Machen Sie heute den Unterricht?«

»Natürlich. Warum fragst du?«

»Der Herr Schendik …«

»Skendzik, meinst du …«

»… hat gesagt, er macht das jetzt.«

Im Gemeindehaus sah ich meinen Chef, den Superintendenten.

»Schwester Gerlach, gut, dass ich Sie antreffe. Ich hätte Sie sonst zu Hause aufgesucht.«

»Guten Tag, Herr van Diecken!« Offensichtlich war die Zeit der Ungnade vorbei. Innerlich frohlockte ich. »Was kann ich für Sie tun?«

»In nächster Zeit werden Sie keinen kirchlichen Unterricht erteilen!«

Das wirkte wie eine kalte Dusche. »Ich unterrichte gerne!«

»Es gab Beschwerden.«

»Worüber, Herr van Diecken? Ich bereite mich gut vor. Manchmal hapert es mit der Disziplin.«

Er räusperte sich. »Wollen wir nicht in das Büro gehen, Schwester Gerlach? Dort sind wir ungestört.«

Der Superintendent nahm auf dem Besucherstuhl Platz.

»Es hat diesen unliebsamen Vorfall gegeben, Schwester Gerlach. Die Mütter sind besorgt.«

Ich richtete mich auf. »Ich habe niemandem etwas zuleide getan!«

»Ich glaube Ihnen, Schwester Gerlach. Dennoch …«

Ich hielt seinem Blick stand.

»Dennoch muss ich der Beschwerde nachgehen. Die Mütter kündigten an, ihre Kinder andernfalls vom Unterricht abzumelden. Ich muss für geordnete Verhältnisse sorgen.«

»Was genau wird mir vorgeworfen?«

Er stand auf. »Wir überprüfen das. Es tut mir leid, Schwester Gerlach.« Er räusperte sich erneut. Mit seiner mächtigen Statur und der unbestreitbaren Autorität füllte er den Raum.

»Ich denke dabei vor allem an Sie. Ich will Ihnen den Spießrutenlauf ersparen.«

Im großen Saal hörte ich die Konfirmanden rumoren. Anscheinend war der Kollege noch nicht eingetroffen. Vor dem Gemeindehaus standen mehrere Frauen, zurechtgemacht im Stil des ausgehenden Jahrzehnts mit toupiertem Haar und schwingendem Rock. Mütter aus der Siedlung. Sie steckten die Köpfe zusammen und tuschelten. Als ich an ihnen vorbeiging, schnappte ich Worte auf wie »die armen Kinder«, »hab es ja immer schon gesagt« und »kein Beruf für eine Frau«. Es war unschwer zu erraten, über wen sie redeten. Der letzte Satz, den ich vernahm, lautete: »Weg mit den alten Zöpfen.«

Verstört, wie ich war, hätte ich beinahe eine alte Dame umgefahren. »Aufpassen!«, rief ich, während ich den Lenker herumriss und durch ein Schlagloch fuhr.

»Selber aufpassen«, trotzte es zurück. Mein Blick erhaschte eine filzige Mütze. Ich stieg ab. »Entschuldigung, Frau Henrich. Wie geht es Ihnen?«

»Wenn's so bleibt!« Sie hob den Hut und kratzte sich am Kopf. »Aber für Fräulein Pastor ist nich gut, nich?«

»Wie kommen Sie darauf, Frau Henrich?«

Sie ließ die grauen Strähnen auf den schmuddeligen Kragen fallen.

»Alle reden!«

»Was reden sie?«

»Der Junge is tot. Das Fräulein is schuld.«

»Wie bitte?«

»Hab ich gehört.«

»Wer sagt das?«

»Alle reden«, beharrte sie.

»Wer genau, Frau Henrich?«

Doch ihre klaren fünf Minuten waren vorbei. »Kennense den ...«, hob sie an und wollte mir einen Witz erzählen.

Ich stieg aufs Rad und fuhr los, ohne noch einmal zurückzublicken.

Als ich die Haustür aufschließen wollte, vernahm ich das Knattern eines Motorrollers. Er fuhr vor bis auf den Bürgersteig. Dann erstarb der Motor. Der Fahrer zog sich den Helm vom Kopf, und ich erkannte meine Freundin und Amtsschwester Rosi.

Entgegen ihrer sonstigen Gepflogenheit umarmte sie mich. »Arme Martha!«, sagte sie mitfühlend. »Lass uns hineingehen. Erzähl mir die ganze Geschichte.«

Als ich fertig war, wusste sie keinen Rat. »Vielleicht solltest du jetzt deinen Urlaub nehmen.«

Plötzlich erschien mir der Gedanke verlockend. »Keine schlechte Idee!«

»Der Superintendent wird ihn dir sicherlich gewähren. Dann müsstest du nicht an der Beerdigung teilnehmen.«

»Mich von Freddy zu verabschieden, ist mir wichtig«, sagte ich leise.

»Ach was, davon hat er nichts mehr. Für dich wäre es eine Qual. Denk an seine Mutter und an die Weiber in der Siedlung.« Selten drückte Rosi sich derart drastisch aus.

»Sein Vater zählt auf mich, der Betriebsrat Stankow. Ich glaube, er hat wenig Freunde.«

»Ich rate dir: Fahr weg. Weg von der Gemeinde, weg von dem Kollegen, der dir angeblich die Stange hält und dir dann doch in den Rücken fällt.«

Ich schluckte.

»Weißt du, dass sie ihn auf seiner vorigen Stelle den ›Messias‹ genannt haben?«

»Weil er aussieht wie Jesus?«

Rosi nickte grimmig. »Nicht nur deshalb. Warum besuchst du

nicht einmal wieder deine Mutter? In ein paar Wochen haben sich die Wogen geglättet.«

»Dein Wort in Gottes Ohr. Am liebsten würde ich gar nicht mehr zurückkehren.«

Rosi sah mich fest an. »Wer glaubt, flieht nicht!«

»Ach, Rosi«, erwiderte ich verzagt.

An der Tür schellte es. Aus alter Gewohnheit rief ich aus dem Toilettenfenster: »Wer ist da?«

»Schwester Tabea!« Von oben sah das Häubchen aus wie ein Schwan von hinten, stellte ich fest und musste wider Willen schmunzeln.

Die schlanke Diakonisse schritt die Treppe herauf. »Schwester Käthe fragt nach Ihnen.«

»Soll ich sie im Krankenhaus besuchen?«

»Sie ist wieder zu Hause. Sie bittet darum, dass Sie morgen Vormittag zu Besuch kommen. Sie möchten das Abendmahlsgerät mitbringen.«

Ich erschrak. »Ist es schon so weit?«

»Das weiß nur Gott allein«, sagte die brünette Schwester salbungsvoll und faltete fromm die Hände.

Ich wandte mich an Rosi. »Wenn Schwester Käthe mich braucht, dann wird es wohl nichts mit dem Urlaub!«

»Kann ihr nicht der Kollege das Abendmahl reichen?«

»Sie fragte ausdrücklich nach Ihnen«, sagte die Diakonisse steif und fügte fast unhörbar hinzu: »Den Grund dafür hat sie mir nicht gesagt.«

Nachdem sie gegangen war, strich Rosi sich durch das borstige graue Haar. »Eine missgünstige Person!«

»Das Häubchen«, brach es aus mir heraus.

»Was ist damit? Hatte es einen Flecken?«

»Nein, aber es sieht aus wie, wie … das Hinterteil von einem Schwan!« Ich brach in Gelächter aus.

Rosi verzog keine Miene. »Ich glaube, Martha, einige freie Tage wären dringend zu empfehlen!«, sagte sie streng. »Nicht, dass du bei der Beerdigung noch aus der Rolle fällst!«

ZWÖLF

Behutsam schlug ich den Teller und den kleinen Kelch aus Messing in weißes Tuch ein, ehe ich sie in die alte Ledertasche schob. Einen kleinen Laib Weißbrot hatte ich erstanden, eine Flasche Wein würde ich in der Sakristei finden. Dann machte ich mich auf den kurzen Weg zum Gemeindehaus. Der Herbst hatte Einzug gehalten, es war frisch geworden. In den Baumkronen färbten sich vereinzelt die Blätter.

Schwester Tabea ließ mich ein und begleitete mich in das Zimmer von Schwester Käthe. Der Ofen in der Ecke bullerte, in dem hohen Raum war es sehr warm. Über dem breiten Bett mit der weißen Damastbettwäsche hing ein Gemälde unter Glas. Es zeigte Jesus als den guten Hirten mit einem Schaf im Arm.

Zu meiner Erleichterung war Schwester Käthe wach und bei Bewusstsein. Schwester Tabea hatte ihr mehrere Kissen in den Rücken gestopft, sodass sie fast senkrecht im Bett saß. Ein kleines Tischchen stand daneben. »Ich lasse Sie dann allein«, sagte die jüngere Diakonisse mit spröder Stimme.

»Der Herrgott wird mich bald zu sich rufen«, eröffnete die alte Dame das Gespräch. »Dann werde ich schauen, was ich geglaubt habe.«

»Haben Sie keine Angst?«

»Ach, Kindchen. Wenn man so alt ist wie ich, dann wird es Zeit.« Sie schloss die Augen. Ich öffnete die Schnalle der Ledertasche und wollte das Messinggeschirr auspacken, doch sie hielt mich zurück. »Noch nicht, Kindchen. Ich habe noch etwas auf dem Herzen.«

Ich zog mir einen Ohrensessel an das Bett und wartete ab.

»Ich habe es dir nie gesagt damals. Ich war nicht dafür, dass du in der Gemeinde anfängst.« Es war das erste Mal, dass sie mich duzte. »Jesus hat zwölf Apostel in seine Nachfolge gerufen, Petrus, Johannes, Jakobus, Andreas ...«

»Allesamt Männer.«

»Ich haderte mit meinem Gott. Eine Frau im Amt erschien

mir nicht bibeltreu. Einem Weibe aber gestatte ich nicht, dass sie lehre!« Unwillkürlich glitt mein Blick zu dem Bild über dem Kopfende. Mein Kollege sah dem abgebildeten Jesus auf dem Gemälde täuschend ähnlich.

»Ich habe gebetet. Auch für dich.« Sie faltete die Hände über der Bettdecke. »Ich rang mit Gott. Ich gelangte zur Gewissheit: Wenn der Herrgott dich berufen hat, dann habe ich nicht zu hadern.«

Die alte hölzerne Standuhr schlug die volle Stunde.

»Du bist gottesfürchtig!«, befand sie abschließend. »Aber dir fehlt die Demut.«

»Was meinen Sie damit, Schwester Käthe?«

Sie bekam einen Hustenanfall.

Lautlos kam Tabea herein und reichte ihr ein Glas Wasser mit Medizin.

Nachdem die junge Diakonisse wieder gegangen war, fuhr sie fort: »Gott sei mit dir, mein Kind. Er hat dir besondere Gaben geschenkt. Nun musst du sie nutzen. Doch vor allem darfst du dich nicht über andere erheben.«

Bildete ich es mir ein, oder blickte sie zu der Tür, hinter der Schwester Tabea verschwunden war?

»Menschen gedachten es böse zu machen. Gott gedachte es gut zu machen.« Mahnend hob sie den Zeigefinger.

»Auf wen beziehen Sie das?« Erst jetzt sah ich das Kruzifix über dem Tisch. Der leidende Christus schaute auf uns herab.

Sie rang nach Luft.

»Schwester Käthe?«

Mühsam raffte sie sich auf. »Ich kenne meine Pappenheimer«, sagte sie mit fester Stimme. »Glaub mir, Kindchen: Stankow ist ein Hallodri.«

Ich senkte den Kopf. »Früher, als er getrunken hat.«

»Immer schon. Ein Schürzenjäger. Er hat den Mädels nachgestellt. Auch noch, als er schon verheiratet war. Hat alle verraten und verkauft, wie es ihm gerade passte …«

»Er kann sich geändert haben«, wandte ich ein.

»Hat behauptet, die Frau hätt ihm das Kind untergeschoben«, sagte sie kurzatmig.

»Wirklich?«

»Hat nicht gezahlt. Der Sohn … Freddy … es hieß, er sei …« Sie hustete wieder und fiel in sich zusammen. Ihr Kopf rutschte zur Seite.

Die Uhr tickte.

»Schwester Käthe? Schwester Käthe!« Ich berührte ihre Schulter.

Schwester Tabea war zurückgekehrt. »Sie sollten jetzt besser gehen, Fräulein Gerlach!«

»Das Abendmahl?« Ich wies auf die noch ungeöffnete Ledertasche.

»Jetzt nicht! Ein anderes Mal.«

Schwester Käthe schlief. Ihr Atem rasselte.

Auf Zehenspitzen verließ ich den Raum.

Trudi war in Hochform. »Die alte Henrich hat getz 'n Freund!«, tratschte sie, während sie Gummibärchen und Lakritzschnecken abzählte. »Kaum zu glauben.«

Sie zeigte mit dem Ellbogen nach draußen, wo Frau Henrich stand und Witze erzählte. Sie war ganz in ihrem Element, die grauen Haare fielen offen auf den Kragen ihres abgewetzten Mantels.

»'n Gastarbeiter. Ts, ts! Wo die Liebe hinfällt!«

Ein kleiner grauhaariger Mann mit Schnauzbart neigte den Kopf zu Frau Henrich und nickte von Zeit zu Zeit.

»Ganz rote Bäcksken hat se!«, sagte Trudi. »Hat ja 'ne gute Rente, die Frau Henrich, von ihrem Verblichenen. Ob sie ihn wohl aushält?«

Der Verehrer zauberte eine Rose hervor und überreichte sie mit einer galanten Verbeugung. Die Augen der alten Dame leuchteten auf.

»Jaja, Alter schützt vor Torheit nicht!«

»Ach, Trudi! Man muss auch gönnen können!«, schmunzelte ich. »Eine Flasche Orangenlimonade, bitte!« Während sie mir das Gewünschte reichte, ließ sie sich über die Frau des Pastors aus: »Hat ja zugenommen, die Gute, ob da was Kleines unterwegs ist?«, und kommentierte die bevorstehende Wahl: »Ich bin ja fürn Willy, der würd 'n guten Kanzler abgeben. Mal frischen Wind bringen. Das können wir brauchen.«

Ich atmete auf. Anscheinend war ich nicht mehr das vorherrschende Thema in der Siedlung.

»Überhaupt sach ich immer: Leben und leben lassen. Geht ja keinen was an, wat Se mitm Sohn von der Stankow hatten. Und wenn der dann aufm Gleis liegt, da können Sie doch nix dafür, was, Fräulein Pastor?«

»Evangelisches Pfarramt, Gerlach.« Es war sieben Uhr in der Früh. Wer rief um diese Zeit an?

»Schwester Tabea«, ertönte die dünne Stimme der Diakonisse. »Fräulein Gerlach, ich überbringe eine traurige Nachricht.«

»Ja«, sagte ich müde.

»Schwester Käthe ist heute Nacht heimgegangen. Sie werden gebeten, die Aussegnung vorzunehmen. Der Bestatter kommt um acht Uhr«, teilte sie mit.

»Ich komme sofort.« Hastig kleidete ich mich an und griff nach der Tasche mit der Amtsrobe.

Mit dem Fahrrad umkurvte ich den Westpark, vorbei an dem großen U der Unionsbrauerei. Die ersten Besucher waren bereits im Gemeindehaus eingetroffen.

Ich zog meinen Talar über. Bleich und mit friedlichem Ausdruck, mit gefalteten Händen über der Decke lag die verstorbene Diakonisse im Bett. Eine Kerze brannte.

Ich wartete, bis Schwester Tabea, die Presbyter, unser Küster Idschdi und Hilde Kruse mit einigen weiteren älteren Damen den Raum betreten hatten.

»Ich bin gewiss, dass weder Tod noch Leben, weder Gegenwärtiges noch Zukünftiges uns scheiden kann von der Liebe Gottes, die in Christus Jesus ist, unserem Herrn«, sagte ich. Wir wurden still, dann sangen wir ein Lied. Abschließend sprach ich den Segen.

Was auch immer Schwester Käthe mir am Vortag hatte mitteilen wollen, sie nahm es nun mit ins Grab.

Die Kapelle des Südwestfriedhofs war überfüllt. Unauffällig nahm ich in einer der hinteren Reihen Platz, nachdem ich mich vor dem Sarg verneigt hatte. Es schmerzte mich, dass ich meine Trauer und meine widersprüchlichen Gefühle mit niemandem teilen konnte, und ich fühlte mich einsam inmitten der Gemeinde. Betriebsrat Stankow saß in der ersten Reihe neben einer fülligen Blondine, die seiner geschiedenen Frau auffallend ähnelte. Diese hatte am anderen Ende der hölzernen Bank Platz genommen.

Mein Kollege positionierte sich am Pult, rühmte die große Musikalität des jungen Verstorbenen und klagte über das allzu frühe Dahinscheiden. »Ein hoffnungsvolles Leben, das gerade erst begonnen hat, fand ein jähes Ende. Für uns als Hinterbliebene ist es unfassbar, dass ein solch junger Mensch, ein so begabter junger Mensch wie Freddy Stankow so früh gehen musste«, sagte er mit angemessen modulierender Stimme.

Wie ein Schauspieler, dachte ich und ließ das glatte Gesicht mit der undurchdringlichen Miene auf mich wirken. Es glich einer Maske. War das Skendziks Schutzschild im Umgang mit dem Unerträglichen?

»Nun ist er dort, wo kein Leid und keine Tränen mehr sind und kein Geschrei«, beendete er die Rede. Viele Taschentücher wurden gezückt.

Kränze, Schleifen und Kerzen schmückten den Raum. »Wir werden dich nie vergessen. Deine Oberprima«, entzifferte ich. »In ewiger Trauer. Dein Vater Fritz«.

Als die Orgel »Jesu, geh voran« intonierte, schluchzten Freddys Klassenkameraden. Dünn klang der Gesang, die wenigen Stimmen zittrig und belegt.

Im Trauerzug entdeckte ich Luschinski und Bönke. Einträchtig schritten die beiden Herren vor mir her zum Grab.

Die Zeremonie dauerte nur wenige Minuten, dann begannen die Beileidsbekundungen. Beim Anblick von Bönke versteinerte Stankows Gesicht. Mit starrem Blick sah er an seinem früheren Kumpel und jetzigen Kontrahenten vorbei.

Bönke hob das Kinn und artikulierte: »Pah!« Die Umstehenden raunten.

Als ich an der Reihe war, ergriff Stankow meine Hand und drückte sie fest. »Danke, Fräulein Gerlach, dass Sie gekommen sind. Das bedeutet mir viel«, sagte er mit bewegter Stimme. Er beugte sich zu mir vor, und ich roch den Alkohol in seinem Atem. Oder kam der Duft von der zweiten Frau Stankow, die mit glasigem Blick neben ihrem Mann stand und seltsam abwesend wirkte? Die erste Frau Stankow ignorierte meine ausgestreckte Hand, doch das hatte ich nicht anders erwartet.

Vor dem Friedhofstor holte Luschinski mich ein. »Soll ich dich mitnehmen zum Beerdigungskaffee?«

»Ich möchte nicht teilnehmen.«

»Martha, halte durch!«

Ich ließ den Kopf hängen. »Schwester Käthe ist in der Früh verstorben.«

Er strich mir über den Oberarm. »Ich weiß. Das ist sehr traurig.«

»Sie war die Seele der Gemeinde. Allen hat sie geholfen. Sie hat den Menschen zugehört und sie getröstet. Nun ist sie nicht mehr.«

»Und Freddy ist begraben worden. Erde zu Erde, Asche zu Asche. Lassen wir es gut sein. Ich denke, dass es doch Selbstmord war.«

»Sagst du das jetzt nur, oder meinst du das wirklich?«

»Und wenn schon! Lass die Toten ihre Toten begraben. Steht das nicht sogar in der Bibel?«

Wir waren bei seinem Käfer angelangt.

Er schloss die Fahrertür auf und öffnete die Beifahrertür von innen.

»Bald wird alles vergessen sein.«

Tränen rannen mir übers Gesicht. »Ich werde Freddy nicht vergessen. Nie.«

»Die Zeit heilt alle Wunden. Das klingt banal, aber so ist es.« Er drückte auf einen Knopf zwischen unseren Sitzen. »Summertime« tönte aus dem scheppernden Gerät.

»Der Sommer ist vorbei, Luschinski. Nichts wird mehr sein, wie es war.«

»Weltschmerz, Martha? Wo bleibt dein Glaube?«

Ich bekam Schluckauf. »Das aus deinem Munde, Luschinski? Wo du doch kein Kirchgänger bist?«

»Eben drum.«

»Imma treffen wir uns auf 'ner Beerdigung, was?«, sagte Trudi zu Presbyter Rabenau, als wir den Gemeindesaal betraten. Trudis Organ übertönte die Stimmen und das leise Klirren der Kaffeelöffel.

»Ja und? Von mir aus brauchen wir uns gar nich treffen.«

»Is deine Frau wieder zurück?«

»Fort mit Schaden«, sagte der Dachdecker. »Kann mir gestohlen bleiben. Die soll bleiben, wo der Pfeffer wächst.«

»Haste noch keine Neue?«

»Wo denkste hin. Kochen kann ich jetzt selbst, wofür brauch ich 'ne Frau? Die kostet nur.«

»Und deine Tochter? Isse nu wieder vernünftig geworden?«

»Was weiß ich. Berlin is weit wech.«

»Jaja, die Insel im roten Meer. Du hast aber auch 'n Pech, Rabenau. Erst haut die Frau ab, und dann geht die Tochter studieren und unter die Revoluzzer.«

Rabenau murmelte etwas, das klang wie »alte Schabracke«. Dann: »Musse nich inne Bude sitzen, Trudi?«

»Sind ja sowieso alle hier getz.«

»Man gut, wenn der Spuk vorbei is.«

»Wat bisse herzlos, Rabenau. Der arme Junge!«

»Ja und? Is doch tot getz.«

Er schlürfte geräuschvoll seinen Kaffee.

»Guck ma, Trudi«, sagte er dann staunend. »Der den überfahren hat, is auch hier. Der traut sich was!«

Tatsächlich arbeitete Bönke sich durch die Menschenmenge vor zum Tisch der Stankows. Der wilde Ausdruck in seinem finsteren Gesicht ließ wenig Zweifel an seiner Absicht aufkommen.

Bedrohlich baute er sich vor dem hageren Betriebsrat auf.

Stankow erhob sich. Er schwankte leicht. Mein Kollege berührte ihn beruhigend am Arm, doch er schüttelte die Hand ab und nahm eine Kampfposition ein. Da flog auch schon die erste Faust. Stankow konterte, traf jedoch nur die Schulter des Gegners. Sekunden später krachte Bönkes Faust in Stankows Gesicht. Ein Volltreffer. Blut floss.

Ringsum standen alle wie erstarrt. Bönke langte noch einmal zu und traf den Betriebsrat am Kinn, aber nur noch mit halber

Kraft. Stankow schwankte und kippte zur Seite. Mein Kollege fing ihn auf. Aus der Menge tauchte Kommissar Kellmann mit seinem Assistenten auf.

Gemeinsam führten sie Bönke ab.

Die ganze Szene hatte nicht länger als fünf Minuten gedauert. Nun erst entstand Tumult.

»Unglaublich!«

»Was fällt dem ein!«

»Einlochen!«, regte Trudi sich auf. »Erst fährt er 'n Jungen übern Haufen …«

»… und dann poliert er dem Vatta die Fresse«, ergänzte Rabenau.

»So was hattes hier noch nich gegeben!«

Ich kämpfte mich zu dem geschundenen Stankow vor. Schwester Tabea leistete Erste Hilfe. »Sollen wir den Doktor rufen?«

Stankow schüttelte den Kopf und wischte sich das Blut ab. Als er mich sah, verzog sich sein Mund zu einem Lächeln. »Fräulein Gerlach. Martha!« Seine Stimme klang verwaschen. Also hatte meine Nase mich auf dem Friedhof nicht betrogen, er war tatsächlich angeschickert.

»Tut mir leid, Herr Stankow!«, sagte ich und ignorierte die giftigen Blicke seiner beiden Frauen.

Er zog das blutige Taschentuch von der Nase. »Geht schon wieder. Danke der Nachfrage.«

»Gehen Sie nach Hause, Herr Stankow!«

»Da hatter mal wieder jemand, der ihn betüddelt«, spottete die erste Frau Stankow. »Und so 'n hübsches Fräulein!«

»Hören Sie auf!«, herrschte ich die Frau an. »Kümmern Sie sich lieber …« Dann sah ich ihre Züge entgleisen. Sie schien in Sekunden um Jahrzehnte zu altern, und es schien, als erinnere sie sich erst jetzt an den Anlass für die Kaffeetafel. »Er ist tot. Tot!«, flüsterte sie.

»Ja. Gerade war die Beerdigung. Es tut mir leid.«

Skendzik mischte sich ein. »Liebe Martha, du wirst hinten gebraucht, bei den Damen. Das hier regele ich.«

Seufzend machte ich mich auf den Weg zu den schnatternden

Frauen. Es gab Tage, da wünschte ich mir den alten Kruse zurück. Da waren die Verhältnisse wenigstens klar gewesen.

»Stankow und Bönke. Das Ende einer Freundschaft«, vernahm ich eine dunkle Stimme hinter mir.

Ich fuhr herum. »Luschinski. Gibst du mal wieder deinen Senf dazu?«

»Genau!«

Er zielte, stellte scharf und drückte auf den Auslöser.

Es klickte.

Nachts klingelte es Sturm. Schlaftrunken lief ich durch die Wohnung und öffnete das Toilettenfenster. »Ja, bitte? Wer ist da?«

»Ja!«, tönte es zurück. »Ja!«

»Luschinski?« Manchmal schlug der Reporter über die Stränge. »Hast du gesoffen?«

»Ja! Ja!«, rief es zurück, doch die Stimme klang heller als die des Reporters.

Ich wollte das Fenster wieder zuschlagen, da hörte ich ein Schluchzen.

Wer immer dort stand, brauchte meine Hilfe. Also zog ich den Morgenmantel über das Nachthemd und machte mich auf den Weg nach unten.

»Herr, beschütze mich!«, sandte ich ein Stoßgebet gen Himmel.

Der Betriebsrat stand da und hielt sich an der Mauer fest.

»Herr Stankow! Was machen Sie hier?«

»Martha, Martha! Hilf mir, bitte hilf mir«, stammelte der betrunkene Mann.

»Herr Stankow! Ich kann Sie nicht hereinbitten. Gehen Sie nach Hause. Sie werden sehen: Morgen sieht die Welt schon wieder anders aus.«

Nichts an dem Betriebsrat erinnerte noch an den beherrschten Mann von früher. Ein Häuflein Elend stand vor mir.

Er fiel vornüber. Ich fing ihn auf und half ihm, sich an der Wand abzustützen. »Herr Stankow, bitte!«

»Will reden«, stammelte er.

Ich überlegte. Draußen stehen lassen konnte ich ihn in diesem Zustand nicht. Er machte keinen gewalttätigen Eindruck. Sollte ich das Risiko eingehen? Vielleicht würde ich mehr darüber herausfinden, was es mit dem Tod von Freddy auf sich hatte.

Behutsam geleitete ich den schwankenden Mann nach oben und brachte ihn in mein Amtszimmer.

Die Uhr zeigte Viertel vor elf.

Er ließ sich auf das Sofa fallen.

»Herr Stankow, erzählen Sie.«

»Das Kleine vom Bönke«, platzte er heraus. »Das ist von mir.«

Ich erinnerte mich an das Baby, das die Frau des Lokführers während meines Besuchs auf dem Arm gehalten hatte.

»Sind Sie sicher?«

Er rülpste. »Doch, bestimmt ... Wollte dem Alten mal zeigen, wie's so is ...«

»Wenn man Hörner aufgesetzt bekommt?«

Der nächste Rülpser. »Genau. So isses.«

Hoffentlich würde er sich nicht übergeben.

Ich dachte an die verhärmte Frau. »Und Frau Bönke?«

Er lachte hässlich. »Paar nette Worte, Pralinen. Das arme Frauchen kriegt ja sonst nichts ...« Ich verdrängte meinen Abscheu.

»Bönke weiß Bescheid?«

»Jau!« Es klang nicht, als täte es ihm leid.

»Das hätte ich nicht gedacht«, murmelte ich kopfschüttelnd. Wie dünn das Eis ist, auf dem wir uns bewegen, überlegte ich. »Hat er deshalb zugeschlagen?«

»Bestimmm...«

»Müssen Sie für das Kind zahlen?«

»Is doch mein Kind«, greinte er. »Gehört doch sssu mir.«

Ich verstand. »Freddy ist tot. Ihr zweiter Sohn ist behindert. Jetzt hätten Sie gerne noch ein Kind, ein gesundes?«

Er griff nach meinen Händen. »Martha, Martha. Du verstehs mich, nich wahr?« Die letzten Worte verstand ich kaum noch.

»Herr Stankow, gehen Sie nach Hause!«

»Will nich. Will nich zu der Alten. Bleib jetz hier!«

Er sackte in sich zusammen und begann zu schnarchen. Ich rüttelte an seiner Schulter, doch er drehte sich weg.

»Susi«, sagte ich ratlos zu meiner Katze, die sich hereingeschlichen hatte. »Was soll ich jetzt tun?«

»Miau!«, antwortete das Tier.
Die drei kleinen Kätzchen kamen hinterher.

»Martha, das ist ja 'ne Überraschung! Schätzken, was ist los?« Kurz nach Mitternacht hatte ich den Reporter endlich erreicht.
»Stankow hat gesoffen!«
»Ja? Der wird sich schon wieder berappeln. 'n kleiner Rückfall, kommt vor.«
»Er schläft …«
»Ist doch gut!«
»… bei mir auf der Couch!«

»Martha, bist du noch zu retten? Warum lässt du nachts einen Betrunkenen in deine Wohnung?« Der rote Käfer parkte schräg vor der Tür. Luschinski wirkte strubbelig, aber nüchtern. Wie üblich baumelte die Kamera vor seiner Brust.
»Der arme Mann.«
»Jaja. Und jetzt? Wie wirst du ihn wieder los?«
»Hilfst du mir?«
Er grinste spöttisch. »Hau ruck, hau ruck und ab in den Park? Martha, was soll das?« Er raufte sich die Haare.
»Ich wollte nur helfen!«
»Streich mal dieses Wort aus deinem Wortschatz. Steckst du noch nicht tief genug im Schlamassel?«
Er stupste den Schläfer an, doch der reagierte nicht.
»Warte! Haste 'n Eimer?«
»Wofür?«
Kurz darauf drehte er den Wasserhahn im Bad auf. Noch bevor ich es verhindern konnte, schüttete er dem Betriebsrat kaltes Wasser in das Gesicht.
»Ab nach Hause, Stankow!« Das Nass triefte aus seinen Haaren, das Sofakissen war durchtränkt. Der Teppichboden sog die Feuchtigkeit auf.
Gemeinsam richteten wir den schmalen Mann auf und zogen ihn die Treppe hinunter.
»Wo wohnt er?«
»Im Schlesierviertel. Ich bringe ihn nach Hause. Bin dir ja

noch 'ne Revanche schuldig.« Er hatte mich schließlich nachts mit dem betrunkenen Bönke stehen gelassen. »Schlaf gut, Martha!«

»Danke, Luschinski!«

»Da nich für.«

Ich rannte eine Runde um den Block. Plötzlich färbte sich der Himmel rot. »Die Engelken backen Plätzken«, sagte ich leise und lächelte, obwohl ich natürlich wusste, dass der Stahlabstich das Himmelsrot verursachte.

Vor der Haustür hielt ich inne. Huschte da nicht ein Schatten? War es einer der Gammler oder der Tippelbrüder aus dem Park oder etwas ganz anderes? Plötzlich hatte ich das Gefühl, verfolgt zu werden.

Ich drehte mich um, doch da war niemand.

DREIZEHN

»Antek und Frantek sehen sich wieder, zum ersten Mal seit zehn Jahren.

Antek zu Frantek: ›Ey, Frantek, wo warste denn die ganze Zeit?‹

›In Knast, weil hab ich einen Mann bestochen!‹

›Und für dat hamse dich zehn Jahre aufgebrummt?‹

›Nix ham bestochen mit Knete, ham bestochen mit Pittermesser!‹«

Schmunzelnd legte ich die Wochenendausgabe der Zeitung aus der Hand und biss in das Brötchen, das ich unterwegs beim Bäcker gekauft hatte. Die Septembersonne malte goldene Flecken auf die Hütten und Zäune der Kleingartenanlage. Neben mir dampfte eine Tasse frisch aufgebrühten Kaffees.

Nachdem ich das Brötchen verzehrt hatte, nahm ich die Zeitung wieder auf.

Die Schlagzeilen der RuhrRundschau handelten vom Streik. Auf den Dortmunder Zechen Germania, Zollern, Minister Stein und Hansa war die Arbeit niedergelegt worden. Nun zog auch der öffentliche Dienst nach; Bahn und Post waren betroffen. Wahrscheinlich hatte ich Luschinski deshalb am gestrigen Freitag nicht erreicht. Sicher war er unterwegs gewesen.

Samstagmorgens waren die Gärten noch leer. Die Mütter kauften ein und putzten, die Väter wuschen die Autos.

Ich genoss die Ruhe und schloss die Augen. Feine Töne fädelten sich in die Stille, und für einen Moment meinte ich, Freddys Flöte zu hören. Schmerz durchzuckte mich, als mir klar wurde, dass diese Klänge nie wieder an mein Ohr dringen würden.

Stimmen näherten sich. Ich öffnete die Augen und sah eine Frau, die einen Bollerwagen mit einem Baby hinter sich herzog, beladen mit Taschen und Geschirr. Ein Kleinkind zerrte an ihrer Hand. Erst als sie aufblickte, erkannte ich unter der dunklen Lockenfrisur Frau Bönke, die Frau des unglückseligen Lokführers. Ich hatte sie noch nie zuvor in der Gartenanlage gesehen.

Nachdenklich blickte ich ihr nach. Die Angelegenheit ließ mir keine Ruhe, und nach einer Weile legte ich die Zeitung zur Seite und folgte dem Weg, den sie entlanggegangen war.

Wenige Parzellen entfernt entdeckte ich die Familie. Frau Bönke stopfte Socken und scherzte mit den Kindern, eine zufriedene Mutter, die mit sich und der Welt im Einklang schien. Auf dem kleinen Tisch lag die Clubausgabe eines »Angelique«-Romans.

Offensichtlich hatte sie mich noch nicht bemerkt.

Ich räusperte mich. »Guten Morgen, Frau Bönke.«

Sie beschattete mit der Hand ihre Augen als Schutz vor dem Gegenlicht.

»Guten Morgen, Fräulein Pastor«, erwiderte sie. Zahlreiche Sommersprossen umtanzten ihre Nase, als sie lächelte.

»Störe ich?«

»Nein, nein. Kommen Sie nur.« Eilfertig entfaltete sie einen Klappstuhl und bot ihn mir an.

»Ist noch wenig los hier um diese Zeit«, stellte ich fest.

»Der Mann hat Nachtschicht, da bin ich mit den Kindern rausgegangen, damit Ruhe ist.«

»Wie geht es ihm?«

Ihr Blick wurde misstrauisch. »Gut, warum?«

»Für ihn muss es schlimm gewesen sein. Diese ganze Geschichte mit Stankow. Der Junge auf den Schienen.«

Ihr Gesicht nahm einen gequälten Ausdruck an. Dann maß sie mich mit einem kritischen Blick, als wollte sie überprüfen, ob ich vertrauenswürdig sei. Anscheinend fiel das Ergebnis positiv aus, denn sie teilte mir mit: »Das können Sie mir glauben. Es war schlimm für uns alle. Für meinen Mann natürlich ganz besonders. Jetzt setzen sie ihm auf der Arbeit zu. Sie wollen ihn loswerden.«

»Tatsächlich? Weil er Freddy überfahren hat?«

»Als ob das seine Schuld war! Er hätte gar nicht bremsen können!«

»Und deshalb soll er gehen?«

»Wohl eher, weil er Kommunist ist. Weil er sich für die Arbeiter einsetzt! Ohne ihn hätte es keinen Streik gegeben auf der Stahlhütte. Das nehmen sie ihm übel, das passt den Herren nicht«, sagte sie bitter.

Ich hatte sie unterschätzt. Sie war nicht das brave Frauchen, für das ich sie gehalten hatte. Sie kämpfte wie ein Löwe.

»Und Stankow?«

»Hören Sie auf! Mein Mann hat alles für ihn getan! Er ist beliebt, er hat für Stankow gut Wetter gemacht. Und dann? Hat Stankow ihn fallen lassen wie eine heiße Kartoffel. Dieser Verräter!« Sie hatte sich in Rage geredet. Das Baby, das friedlich auf dem Boden gespielt hatte, fing an zu weinen. Sie zog es auf ihren Schoß und drückte die Lippen in seinen Haarflaum.

»Kann es nicht sein, dass er etwas durcheinander ist?«, ergriff ich für Stankow Partei. »Er hat immerhin seinen Sohn verloren.«

»Der war schon immer so!«

Das Baby weinte. Sein Bruder kam und brachte Kieselsteine mit. »Mama, guck ma! Hab ich aufgehoben!«

Während Frau Bönke seine Fundstücke bewunderte, lief mein Gehirn auf Hochtouren.

Wie passten ihre Aussagen mit der Geschichte zusammen, die Stankow mir nachts erzählt hatte? »Dann verstehe ich nicht ...«

»Was verstehen Sie nicht?«

»Ist Stankow denn nicht der Vater Ihres Kindes?«

»Wer sagt das?«

Ich winkte ab. »Schon gut. Da habe ich wohl etwas falsch verstanden.«

»Alle sind gegen ihn. Der Chef, Stankow, die Polizei und jetzt auch noch Sie.«

»Tut mir leid. Ich gehe dann wohl besser.« Ich erhob mich und wagte nicht, ihr noch einen schönen Tag zu wünschen. Als ich mich noch einmal umsah, saß sie wie erstarrt, den Stopfstrumpf steif in den Händen.

Zurück im Garten unserer Küsterfamilie kippte ich den inzwischen abgekühlten Kaffee in die Astern. Die friedliche Morgenstimmung war dahin.

Meine Hände zitterten. Anonyme Briefe hatte ich schon früher bekommen, Dokumente der Hinterhältigkeit und der Feigheit. Dieses hier war schlimmer. Meine Arbeit in der Gemeinde, alles, was in den letzten Jahren mein Leben ausgemacht hatte, stand in

Frage. Eine »Einladung zur Sondersitzung des Presbyteriums« am kommenden Dienstag hatte ich im Briefkasten gefunden. Einziger Tagesordnungspunkt: »Unbotmäßigkeiten und Anfragen in Bezug auf Frl. Pastor Gerlachs Tätigkeit in der Kirchengemeinde«. Nun hatte ich es schwarz auf weiß. Ich war von Feinden umringt, und sie gaben sich nicht einmal namentlich zu erkennen. War das Presbyterium geschlossen gegen mich? Dann hätte ich tatsächlich keine Zukunft mehr in dieser Gemeinde.

»Rosi«, sagte ich zu meiner Freundin und Vertrauten am Telefon, »mein Kollege hat mich in die Pfanne gehauen!«

»Das überrascht mich nicht«, lautete die lakonische Antwort.

»Er hat eine Sondersitzung einberufen und mich nicht einmal vorgewarnt. So viel zum Thema Solidarität unter Kollegen. Was soll ich jetzt tun?«

»Gar nichts. Weiterarbeiten, hingehen, Gesicht zeigen …«

»Leicht gesagt!«

»… und vertrauen …«

»Auf wen oder was?«

»… darauf, dass die, die dich hereinlegen wollen, selbst in die Grube fallen.«

Der Beatabend im Jugendkeller war in vollem Gang, als ich eintraf. »I wanna hold your hand. Komm gib mir deine Hand«, klang es in Kauderwelsch-Deutsch. Die Beatles. Erinnerungen durchzuckten mein Gedächtnis wie die Farbblitze, die die Discokugel an die Decke projizierte. Kaminski, noch vor einigen Monaten mein Freund und Fast-Verlobter, hatte dieses Lied am Klavier gesungen. Noch immer schmerzte der Gedanke an das, was er mir angetan hatte, und ich war froh, dass dieses Kapitel der Vergangenheit angehörte.

Nun bewegten sich die Jugendlichen zum Takt dieser Musik. Jungen und Mädchen standen sich gegenüber und verlagerten mit dem Rhythmus ihr Gewicht von rechts nach links, ohne sich gegenseitig zu berühren.

Ich verstand die Welt nicht mehr. Zu meiner Zeit hatte man die Tanzabende genutzt, um unauffällig auf Tuchfühlung zu gehen.

Heutzutage blieben die Jugendlichen auf Abstand. Jeder bewegte sich allein. »Obladi, oblada!«, scholl es durch den Raum, und die Halbwüchsigen hüpften im Takt der Musik.

Aus den Augenwinkeln sah ich, dass mein Kollege und seine Frau den Raum betraten. Ich wartete, bis sie die Jugendlichen begrüßt hatten, dann ging ich auf die beiden zu und schüttelte ihnen die Hand.

»Auch hier, Martha?«

»Wie du siehst!« Ich bedeutete ihm, mir auf den Flur zu folgen.

»Danke für die Einladung zur Sondersitzung«, sagte ich mit betont kühler Stimme. »Warum hast du mir nichts davon gesagt?«

Mit Genugtuung registrierte ich, dass er errötete. »Ich wollte ja, aber es gab keine Gelegenheit in dieser Woche. Du weißt selbst, die Beerdigung …«

Er hatte einen angespannten Zug um den Mund. Offensichtlich waren die jüngsten Ereignisse nicht spurlos an ihm vorübergegangen. Das stimmte mich milder.

»Gewiss. Was genau soll verhandelt werden? Die Formulierung der Tagesordnung erscheint mir recht vage.« Ich gab mich selbstsicherer, als mir zumute war.

»Das darf ich dir nicht sagen, leider. Ich bin nicht der Einbringer.« Er lächelte bedauernd.

»Aber der Einberufer. Du bist Vorsitzender des Presbyteriums. Geht es um Freddy?«

Skendzik machte eine unbestimmte Handbewegung.

»Oder um meinen Lebenswandel?«

»Kann schon sein.«

»Wie bitte?«

Er legte mir die Hand auf den Unterarm.

»Martha, reg dich nicht auf. Warte es einfach ab«, sagte er. »Und mach dir keine Sorgen. Ich leite schließlich die Sitzung.«

»Eben darum«, sagte ich aufgebracht und stieß mit dem Ellbogen gegen einen harten Gegenstand, den Kickertisch, der unbenutzt in der Ecke stand und einstaubte. Offensichtlich war Tischfußball bei den Jugendlichen aus der Mode gekommen.

»Armleuchter!«, schimpfte ich auf dem Weg zurück in den Jugendraum.

Der Junge am Plattenspieler hatte andere Musik aufgelegt. Zu der langsamen Melodie fanden sich Paare und bewegten sich in unbeholfener Umarmung. »In the year twenty-five-twenty-five«, klagte die Stimme aus dem Lautsprecher.

»Klammerblues«, sagte mein Kollege dicht hinter mir und ließ sich von einem Mädchen auf die kleine Tanzfläche ziehen, von Karin, Freddys blonder Freundin. Helga versandte einen giftigen Blick, doch dann drehte sie sich mit einem langhaarigen Jungen zum Takt der Musik. »Als wäre Freddy nicht vor zwei Tagen beerdigt worden«, murmelte ich, »und außerdem ist Schwester Käthe gestorben.«

Gönne ihnen die Lebensfreude und die Musik. Hast du nicht selbst vieles davon vermissen müssen in den Jahren nach dem Krieg, während des Studiums? Nun sind andere dran, und sie nehmen es leichter. Deine Schwermut darf nicht zum Maß aller Dinge werden. Schließe die Augen und genieße.

Ich fühlte mich ausgeschlossen. Fahrig griff ich nach der Bravo, die auf dem Tisch lag. »Wir kleben uns ein Kleid!«, war auf der Titelseite angekündigt. Neuerdings gab dort ein Dr. Sommer Aufklärungsunterricht. Ich blätterte das Heft durch und wunderte mich über die farbigen und freizügigen Abbildungen. Die ganze Nation beschäftigt sich mit Doktorspielchen, dachte ich missgünstig. Und mir als Pastorin wirft man meinen Lebenswandel vor? »Welch eine Doppelmoral!«, schnaubte ich und ließ das Heft auf den Tisch fallen. Ich erhob mich und wollte zur Tür gehen, doch mittlerweile hatte die Musikfarbe wieder gewechselt, und unbeabsichtigt passten sich meine Bewegungen dem Rhythmus an. Das Schwingen zur Musik entspannte mich, und so befand ich mich wenig später auf der Tanzfläche inmitten der Jugendlichen.

VIERZEHN

Es ging bereits auf elf Uhr zu, als die Orgel den Gottesdienst beendete. Schon hörte ich die Stimmen der Kleinen, die vor der Tür auf den Beginn des Kindergottesdienstes warteten.

Ich verabschiedete die Gemeindemitglieder und drückte am Ausgang viele Hände. Manche hielten die meine einen Augenblick länger als notwendig. »Auf Wiedersehen, Frau Schulz, schönen Sonntag, Herr Rabenau, auf Wiedersehen, Frau Balmke.« Letztere sah mich an und nickte mir zu. Halte durch, schien sie mir sagen zu wollen. Es kommen auch wieder andere Zeiten.

Gott sei mit dir, mein Kind. Er hat dir besondere Gaben geschenkt, meinte ich Schwester Käthes tiefe Stimme zu hören. Ich schloss die Augen und erinnerte mich an die kräftige Gestalt, die zum Schluss immer fragiler geworden war, an das weiße Häubchen auf dem grauen Haar und das alte Gesicht voller Güte und Stärke.

Als ich die Augen wieder öffnete, sah ich eine junge Frau mit dunklen Locken vor mir. Auf dem Arm trug sie ein Baby, das andere Kind hielt sie an der Hand.

»Guten Tag, Frau Bönke!«, sagte ich überrascht.

»Kann ich Sie sprechen, Fräulein Gerlach?«

»Selbstverständlich.« Das Kind an der Hand begann zu zappeln. Ich beugte mich zu ihm hinab. »Willst du in den Kindergottesdienst gehen? Dann kann ich solange mit der Mama reden.«

Kurz darauf saßen wir uns in der Sakristei gegenüber.

»Mein Mann ist weg«, sagte Frau Bönke. »Is nicht nach Hause gekommen nach der Schicht.«

»Wann haben Sie ihn zuletzt gesehen?«

»Gestern.«

»Als Sie mit den Kindern im Garten waren, damit er Ruhe hat?«

Sie senkte den Kopf. »Danach. Er ist wieder zur Schicht gegangen, er macht gerade viele Überstunden. Wir können das Geld gut gebrauchen.«

Ich sah auf ihren Leib, der sich rundete: »Sie sind guter Hoffnung?«

Sie nickte. »Siebzehnte Woche.«

Nach einer kurzen Pause fügte sie hinzu: »Mein Mann hält nichts von der Kirche. Ihm wär's nicht recht, dass ich mit Ihnen rede. Aber ich weiß nicht mehr weiter.«

»Ich stehe unter Schweigepflicht. Ihr Mann muss gar nichts erfahren.«

Die hellen Kinderstimmen drangen aus dem Kirchenraum zu uns herüber.

»Er hat ziemlich viel getrunken, nicht wahr?«, nahm ich den Faden wieder auf.

»Früher war er nicht so …« Sie suchte nach Worten. »Erst in letzter Zeit.«

»Ist etwas Besonderes passiert?«

Sie zuckte mit den Achseln. »Er hat nicht viel erzählt zu Hause. Und dann noch die Sache mit dem Freddy Stankow. Seitdem ist er nicht mehr ganz bei sich …«

»Sie wissen von dem Vorfall bei Freddys Beerdigung?«

Sie nickte.

»Das macht die Sache nicht einfacher.«

»Manchmal hat er sich selbst nicht mehr gekannt. Wenn er unter Druck stand.«

»Was meinen Sie, wo er sein könnte? Mit Kumpels unterwegs?«

»Dann wäre er längst wieder da.«

»Hat er Freunde, Verwandte? Hat vielleicht jemand anders mit seinem Verschwinden zu tun? Stankow?«

»Morgen hat er Mittagsschicht«, sagte sie leise. »Wenn er bis dahin nicht wieder da ist …«

»Sie haben Angst, dass er bei der Stahlhütte rausfliegt.«

Wieder nickte sie.

»Er ist der Ernährer.«

Wieder eine bejahende Kopfbewegung.

»Haben Sie im Werk angerufen?«

»Wenn was passiert wäre …«, sie richtete ihren Blick auf das Kreuz an der Wand, »… dann hätten sie mir Bescheid gesagt.«

»Ich wünschte, ich könnte Ihnen helfen!«

Sie schwieg.

Eine der Kindergottesdiensthelferinnen steckte den Kopf durch die Tür. »Der kleine Andy will zu seiner Mutti!«, sagte sie und schob das Kind herein. Andy lief auf seine Mutter zu. Sie nahm das weinende Kind hoch und putzte ihm die Nase.

»Vielleicht kommt er zurück! Ich hoffe es für Sie«, sagte ich leise.

Ich sah ihr nach, als sie aus der Kirchentür hinausging, ein Kind auf dem Arm, das andere an der Hand. Plötzlich erschienen mir meine eigenen Sorgen beschämend klein.

»Rühret eigner Schmerz irgend unser Herz«, sang ich vor mich hin, »kümmert uns ein fremdes Leiden, o so gib Geduld zu beiden.«

Wenn diese Gemeinde mich nicht mehr wollte, würde ich woanders neu anfangen. Solange ich im Dienst war, würde ich mich für die mir anvertrauten Menschen einsetzen. Still betete ich für die Familie. Was, wenn der Mann tatsächlich nicht wieder auftauchte?

»Warum gehen wir hier immer sonntags spazieren«, schimpfte Rosi, »wenn es besonders voll ist?«

»Und dabei muss man sogar Eintritt bezahlen!«

Das schien die Bevölkerung nicht davon abzuhalten, in Scharen den Westfalenpark aufzusuchen, Dortmunds grüne Lunge, und den milden Frühherbsttag zu genießen.

Wir kreuzten eine Gruppe älterer Damen mit angeleinten Pudeln. Dann passierten wir den Springbrunnen mit der Madame aus Keramik, umgeben von hohen Kiefern, und flanierten durch den Rosengarten.

»Oh, welch vergängliche Pracht!«, seufzte ich beim Anblick der welken Blätter und leeren Knospen. Einzelne Stöcke trugen noch Blüten, rot, weiß oder sogar gelb, doch die Rosenzeit war eindeutig vorbei. Es überwogen leere Stiele mit Dornen.

»Sie sind wie ein Gras, das am Morgen noch blüht und sprosst und des Abends welkt und verdorrt«, sinnierte Rosi und entfernte ein Grasbüschel, das sich unter ihrer Sohle festgesetzt hatte.

»Unser Leben währet siebzig Jahre, oder wenn es hochkommt, dann sind's achtzig Jahre«, fuhr ich fort.

»Und was daran köstlich scheint, ist doch nur vergebliche Mühe!«

Wir schauten uns an und lachten, und dabei kräuselten sich um Rosis Augen und in ihren Mundwinkeln Falten, wie sie in meinem Gesicht bisher nur angedeutet waren. Sie standen ihr gut.

»Wie geht es in der Gemeinde? Wann wird Schwester Käthe beerdigt?«

»Am Mittwoch. Ich werde sie bestatten. So hat sie es gewünscht.«

»Wie ist der Fall Freddy Stankow ausgegangen?«

Ich zuckte mit den Schultern. »Keine Neuigkeiten. Abgesehen davon, dass sich das Presbyterium übermorgen trifft, um meinen Lebenswandel zu begutachten.«

»Das ist arg.«

»Es ist, wie es ist. Etwas anderes bereitet mir mehr Sorge. Vielleicht gibt es einen weiteren Fall.« Ich berichtete vom Verschwinden des Lokführers und von der Angst seiner schwangeren Frau.

»Sollte nicht die Polizei informiert werden?«

»Das hat noch Zeit. Vielleicht ist er mit seinen Kumpels versackt …«

»… oder Zigaretten holen gegangen.«

Im Schatten des Fernsehturms bogen wir ab in Richtung Kaiserhain. An der Seilbahn standen die Familien Schlange. Kinder stiegen jauchzend in die Gondeln und ließen sich die wenigen hundert Meter bis zum Buchmühlenteich hinuntertragen. Hinten am Horizont ragte der Hochofen der Phönixwerke auf, ebenfalls ein Teil des Hoesch-Konzerns. »Nicht einmal am Sonntag habe ich Ruhe vor dem Stahlriesen«, brummelte ich.

Ein schlanker Herr mittleren Alters, mit grauen Schläfen und einem kräftigen Schnurrbart, kam uns entgegen, begleitet von einem erheblich jüngeren Mann.

»Guten Tag, Herr Notar«, grüßte Rosi.

»Guten Tag, Fräulein Brennmeyer. Auch unterwegs?«

»Bei diesem schönen Wetter!« Sie blinzelte in die Herbstsonne. »Endlich hat es aufgehört zu regnen.«

»Dürfte ich Sie in der nächsten Woche noch einmal in der

Angelegenheit Schultenbrink konsultieren?«, fragte meine Amtsschwester.

»Gerne dürfen Sie das. Haben Sie meine Telefonnummer?« Er entnahm seiner Brieftasche eine Visitenkarte und reichte sie ihr.

»Vielen Dank.«

»Wünsche allseits einen schönen Sonntag!« Der Notar zog mit seinem eleganten Spazierstock einen Kreis über dem Pflasterstein und setzte danach mit der silbernen Spitze einen Punkt in die Luft.

Sein Begleiter verneigte sich stumm und folgte ihm.

Ich sah den beiden hinterher. »Ein vornehmer Mann«, stellte ich fest. »Ist er mit seinem Sohn unterwegs?«

Rosi grinste spitzbübisch. »Er hat keine Familie. Man munkelt …«, sie senkte die Stimme zu einem Flüstern, »… er sei andersherum!«

»Du meinst homosexuell?«, fragte ich entsetzt. Ich hatte davon gehört, doch ich war immer davon ausgegangen, dabei handele es sich um auffällige Gestalten in schriller Kleidung. Unter Schauspielern sei Homosexualität verbreitet, hieß es, überhaupt unter Künstlern.

Diese beiden Männer machten einen kultivierten Eindruck und übten offensichtlich bürgerliche Berufe aus. Dort gab es so etwas auch?

»Steht das nicht unter Strafe?«

»Nicht mehr seit der Reform des Paragrafen 175. Seit Anfang September sind nur noch Beziehungen strafbar, wenn einer der Männer volljährig ist und der andere nicht«, erklärte Rosi.

»Über einundzwanzig Jahre alt sind beide!«, sagte ich. »Du kennst dich gut aus. Aber trotzdem: Ist das nicht pervers?«

Rosi strubbelte sich durch das kurze Haar. »Ich weiß nicht, ob es irgendjemand etwas angeht. Du willst auch nicht, dass andere in deinem Privatleben herumschnüffeln.«

»Sie kriegen keine Kinder.«

»Wir auch nicht. Schon vergessen?«

Ich seufzte. »In der Bibel steht, dass es Sünde ist.«

Das Rauschen des Lärms von der Bundesstraße 1 verstärkte sich, obwohl der Verkehr am Sonntagnachmittag schwächer war als an den Werktagen.

Mittlerweile waren wir vor dem Denkmal des Kaisers angelangt. Mächtig thronte Wilhelm auf seinem Sockel aus Granit. Allerdings setzte die Bronzestatue Grünspan an.

»In der Bibel steht auch, dass Ehebrecher gesteinigt werden sollen. Die Zeiten ändern sich!«

FÜNFZEHN

Der Anblick des Hochofens raubte mir fast den Atem.

Vor meinen Augen entfaltete sich ein furioses Schauspiel, begleitet von Hitze, Gestank und Lärm.

In gigantischen Töpfen wurden Tonnen und Megatonnen Erz und Koks zu Eisen gekocht.

Wolken und Dämpfe verwandelten den Tag in die Nacht, in einem scheinbar endzeitlichen Kampf, einem Armageddon, in dem Gut und Böse ebenso wenig zu unterscheiden waren wie im Streit zwischen Stankow und Bönke.

Ich sah zu, wie die Sauerstofflanze in den Stahlkonverter fuhr und Funken blies wie Tausende von Wunderkerzen. Das gleißende Feuerwerk blendete mich, obwohl ich in sicherem Abstand zu den Maschinen stand. Stahlkocher, durch Helm und Visier geschützt, rannten in den Funkenflug hinein. In rasender Geschwindigkeit führten sie routiniert ihre Bewegungen aus und liefen wieder zurück, winzige Gestalten, zerbrechliche Figuren vor einer gigantischen Kulisse.

Es musste unvorstellbar heiß sein dort.

Stahlabstich. Das also war der Vorgang, der nachts den Himmel rot färbte und dieser Stadt im Kohlenpott einen unverwechselbaren Stempel aufdrückte.

Der Betriebsrat war nicht begeistert gewesen, als ich ihn in seinem Büro aufgesucht und ihn auf Bönke angesprochen hatte. »Jetzt machen Sie sich also für den Lokführer stark«, hatte er sehr reserviert geantwortet. »Sind Sie der Engel von Dortmund?«

Ich sah ihn scharf an. »Es war ein Unfall!«

»Seinen Posten als Vertrauensmann ist er nach der Trunkenheitsfahrt jedenfalls los. Und die Zulassung als Lokführer ebenfalls. Warum ist er denn abgehauen, wenn er nichts auf dem Kerbholz hat? Mich hat er zusammengeschlagen, bei der Beerdigung meines eigenen Sohns.« Er fasste sich an das Kinn, wo ein blauer Fleck noch von der tätlichen Auseinandersetzung zeugte. »Ich kann es immer noch nicht glauben.«

Im Kontrast zu seinen Worten klang seine Stimme sachlich, beinahe emotionslos. Er wirkte kühl und beherrscht. Sein nächtlicher Auftritt in meiner Wohnung kam mir im Nachhinein fast unwirklich vor.

»Nein, nein. Mit Bönke habe ich kein Mitleid. Er hat sich sein Unglück selbst zuzuschreiben. Wenn er blaumacht, ist er demnächst raus. Ich kann ihm nicht helfen.«

»Denken Sie an seine Familie.«

Er seufzte. »Bönke hat sich übernommen. Die kommunistische Gruppe läuft hier auf der Stahlhütte nicht. Er war sauer, als ich nicht mehr mitmachte. Ich bin ihm nichts schuldig, im Gegenteil.«

Ich unterbrach ihn: »Herr Stankow, ich verstehe Ihre Beweggründe. Doch Sie wollen sicher nicht, dass Ihr nächtlicher Besuch bei mir an die große Glocke gehängt wird, nicht wahr? Und das, was Sie in Ihrem beklagenswerten Zustand gesagt haben, auch nicht, oder? Zumal es ja nicht zu stimmen scheint. Jedenfalls nicht alles.«

Er winkte ab. »Schon gut. Wie Sie meinen.«

Er zog den Arbeitsmantel über. »Kommen Sie mit. Vielleicht schaffen Sie's ja, den Meister gnädig zu stimmen.«

Nach dem Spektakel beobachtete ich, wie die Arbeiter, noch mit Helm, Flaschen und Becher an den Mund setzten und tranken.

»Was ist das?«, wollte ich wissen und rückte den Helm zurecht.

»Milch in Flaschen«, antwortete Stankow, »und Tee in Bechern.«

»Stellt die Hütte zur Verfügung«, sagte der Mann neben dem Betriebsrat, den er mir als Schichtleiter vorgestellt hatte. »Zum Schutz der Gesundheit. Haben die Gewerkschaften durchgesetzt.«

Ich wandte mich an Stankow: »Wie halten sie das aus? Die Hitze und den Lärm?«

»Sie kennen es nicht anders. Das ist unser Leben!« Stolz schwang in seiner Stimme mit.

»Ist das nicht gefährlich?«

»Das gehört zum Alltag.« Er wies auf einen Arbeiter, der in

mehreren Metern Höhe auf einem Gerüst saß und auf einen Kranwagen wartete, in der Hand ein Drahtseil.

»Den Lärm kriegt man irgendwann nicht mehr mit.«

Auch ich hatte mich an das Rauschen im Hintergrund und das Donnern der Kranbahnen schon gewöhnt.

»Wir halten zusammen wie Pech und Schwefel«, sagte der Mann im Blauzeug. »Is wie 'ne große Familie hier. Da kannste dich auf jeden verlassen, zu einhundert Prozent. Geht gar nich anders.«

»Und alle sind in der Gewerkschaft«, bestätigte Stankow. »IG Metall.«

»Wir sind Hoeschianer. Wenn du bei Kalle Hoesch bist, dann kann dir nix passieren. Da hasse überall Kredit.«

Ich kam auf mein eigentliches Anliegen zu sprechen. »Wegen Herrn Bönke«, setzte ich an. »Herr Bönke ist nicht zur Schicht gekommen. Er ist unpässlich.«

Der Meister grunzte. »Liegt noch im Salz. Seine Frau hat angerufen.« An diese Möglichkeit hatte ich nicht gedacht. »Kommt hoffentlich bald wieder. Drückeberger können wir nicht brauchen.«

Also hatte Frau Bönke nicht erzählt, dass ihr Mann verschwunden war. »Er wird wiederkommen. Vielleicht nicht sofort ... der Vorfall mit Freddy Stankow hat ihn sehr mitgenommen«, brüllte ich gegen den Lärm an.

Stankow schaute zur Seite, scheinbar unbeteiligt.

»Aber sicher doch. Und jetzt schickt er 'n Pastor? Wo der Bönke doch nix vonne Kirche hält.« Er krempelte die Ärmel auf. »Der Bönke, das ist 'n ganzer Kerl. Kein Weichei.«

»Seine Frau macht sich Sorgen.«

»Die Frauen. Wenn die wüssten, was hier los ist auffe Hütte. Die hätten keine ruhige Minute. Das geht die nix an. Ist Männersache.«

Ich wollte etwas einwenden, doch er hatte sich schon umgedreht und kritzelte Zeichen auf eine Tafel, Zeichen, die ich nicht entziffern konnte. Im Hintergrund zischten die Maschinen und sonderten riesige Dampfwolken ab.

Kurz darauf verstärkte sich das Rauschen, und der Lärm schwoll wieder an. Eine Verständigung war unmöglich geworden.

»Darf's noch etwas sein?« Die Verkäuferin legte die Käsescheiben auf die Waage. Dann nahm sie eine wieder herunter, bis der Zeiger ein Viertelpfund anzeigte.

»Bitte noch drei Scheiben Aufschnitt. Von jeder Sorte eine.«

Der Konsum verfügte über eine Wursttheke, hielt jedoch keine große Auswahl bereit. Die Bedienung reichte mit rot lackierten Fingernägeln das kleine Päckchen über den gläsernen Tresen. Ich wollte es entgegennehmen, doch da wurde ich abgelenkt.

Am Regal erblickte ich eine füllige Frau in blauem Kittel, der Arbeitskleidung des Konsums. Freddys Mutter.

»Frau Stankow?« Sie drehte sich herum. Ihr Gesicht wirkte bleich und aufgeschwemmt. Sie wandte sich ab. Mit einer fahrigen Bewegung räumte sie Kaffeepäckchen in das Regal.

»Erkennen Sie mich nicht? Ich bin die Pastorin!«

»Doch, doch«, murmelte sie. Ihre feindselige Haltung schien sie aufgegeben zu haben, aber sie wirkte auch nicht besonders zugänglich. »Ich arbeite«, sagte sie kurz angebunden.

Ich sah auf die Uhr. Noch fünf Minuten bis zum Ladenschluss. »Ich warte draußen!«, erklärte ich und postierte mich neben der Reklametafel für »Persil 70«.

Es dauerte eine Weile, bis die Jalousien heruntergezogen wurden. Nach weiteren zehn Minuten verließ die Fleischverkäuferin den Laden. Nun, ohne Arbeitskleidung, sah ich, dass sie höchstens zwanzig Jahre alt war.

»Kommt Frau Stankow auch?«, wollte ich wissen.

Das junge Mädchen seufzte. Sie trug einen Schwinger, ähnlich dem, den ich eingemottet hatte, weil er zu eng mit den unglückseligen Ereignissen verknüpft war.

»Das Fräulein von der Kasse ist bei ihr. Sie will abends nicht mehr nach Hause. Arme Frau.«

Leichter Nieselregen hatte eingesetzt. Ich spannte einen Schirm auf und hielt ihn über unsere Köpfe. »Sie hat Angst vor dem Alleinsein.«

Ich dachte an die einsame Wohnung in der düsteren Siedlung. »Kein Wunder.«

»Seit der Sohn tot ist, ist sie neben der Spur. Wir versuchen, ihr zu helfen, aber ...«

Ihr Gesicht wirkte plötzlich sehr jung. »Sie sind die Pastorin, nicht wahr?«

»Ja, die bin ich.«

»Auf Sie hat sie immer geschimpft.«

»Schimpft sie jetzt nicht mehr?«

»Sie sagt kaum noch etwas. Steht herum und wartet, dass man ihr sagt, was sie tun soll … Obwohl sie die Älteste ist. Der Chef würde sie am liebsten wegschicken.«

»Aber Sie decken sie?«

Sie nickte. Dann schaute sie auf die Uhr. »Ich muss weiter. Mein Freund wartet.« Ihr Lächeln war bezaubernd. Ich beneidete sie um ihre jugendliche Unbekümmertheit.

Die Dämmerung hatte eingesetzt. Ich hatte keine Regenjacke angezogen, und so versuchte ich, mit der rechten Hand den aufgespannten Schirm zu balancieren und mit der linken Hand das Fahrrad zu lenken. Als hinter mir ein Auto hupte, wäre ich fast in einem Schlagloch hängen geblieben.

Der Wagen überholte mich und blieb mitten auf der Straße stehen; es war ein roter Käfer.

Der Fahrer kurbelte die Scheibe herunter.

»Luschinski!«, rief ich. »Du warst ja wie vom Erdboden verschluckt!«

»Auf der Stahlhütte wurde eine Leiche gefunden«, sagte er, ohne auf meine Bemerkung einzugehen.

Ich erschrak. »Bönke?«

»Wahrscheinlich. Die Polizei versucht, deinen Kollegen zu erreichen. Er soll zum Stahlwerk, die Leute beruhigen.«

»Wahrscheinlich ist er schon im Gemeindehaus. Das Presbyterium trifft sich heute.«

Angesichts der tragischen Ereignisse erschien die Sondersitzung unwichtig. »Wo ist er denn gefunden worden? Woran ist er gestorben?«

»Im Materiallager. Todesursache Kopfverletzung.«

»Wie bei Freddy auch?«

»Genaues weiß man noch nicht.«

»Weiß Frau Bönke es schon?«, fragte ich beklommen.

Er öffnete die Beifahrertür von innen. »Steig ein. Ich bringe dich zu ihr.« Ich lehnte mein Fahrrad an die Hauswand und kletterte in den Wagen.

An der Möllerstraße parkte ein Streifenwagen. Als wir klingelten, öffnete ein Polizist. »Guten Abend. Sie sind …?«

»Die Pastorin.«

»Kommen Sie herein. Frau Bönke wurde bereits informiert.«

Das kleine Wohnzimmer war voller Menschen. Zwei Beamte in Uniform hatten sich im Raum platziert. Daneben stand ein Mann im Mantel und mit einem Koffer in der Hand.

»Der Doktor«, raunte mir der Polizist zu, der die Tür geöffnet hatte.

Erst auf den zweiten Blick entdeckte ich Frau Bönke. Sie saß zusammengekrümmt in einem Sessel, den Kopf gesenkt. Ihre Augen konnte ich nicht erkennen. Auf ihrem Schoß saß der kleine Andy und weinte. Ob er das Geschehen erfassen konnte?

»Oh Herr. Warum lässt du solches Leid geschehen?«, betete ich still.

Jovial redete der Arzt auf Frau Bönke ein: »Können Sie mich verstehen? Ich gebe Ihnen jetzt etwas zur Beruhigung. Machen Sie bitte den Arm frei!«

Er zog eine Spritze auf. Wortlos ließ sie geschehen, dass er den Ärmel ihrer Bluse hinaufschob und die Nadel ansetzte. Danach fiel ihr Arm zurück, als wäre er aus Gummi.

Endlich ging der Doktor. Die Polizisten schauten sich an. »Wir können hier nichts mehr machen.« Sie nickten sich zu und setzten ihre Mützen auf. Kurz darauf klappte die Tür.

Nachdem alle gegangen waren, setzte ich mich neben die Witwe, die nicht einmal weinte. »Frau Bönke, mein tief empfundenes Beileid«, sagte ich leise zu ihr. »Ich habe so sehr gehofft, dass doch noch alles gut wird.«

Sie reagierte nicht.

»Haben Sie eine Freundin, die ich anrufen kann?«

Ich sah, dass ihre Augen zufielen. Der kleine Andy hatte sich an die Unglückliche gekuschelt und lutschte am Daumen.

Ratlos strich ich ihm über den Kopf.

An der Wohnungstür klopfte es. Ich öffnete sie einen Spaltbreit und sah eine zierliche ältere Dame im Flur stehen. »Guten Abend. Ich bin die Nachbarin von oben. Ich habe gehört, was geschehen ist.«

»Ja, es ist schrecklich.«

»Ich wollte nachschauen, ob ich helfen kann.«

»Kommen Sie doch bitte herein.«

Die ältere Dame nahm den kleinen Jungen hoch. Er ließ es sich gefallen, ohne zu protestieren. Offensichtlich waren die beiden miteinander vertraut.

Ich atmete auf. »Dann darf ich mich jetzt verabschieden.«

Frau Bönke war im Sessel eingeschlafen. Die Spritze des Arztes schien zu wirken. Ich schrieb meine Telefonnummer auf einen Zettel und machte mich auf den Weg nach Hause.

Erst unterwegs fiel mir ein, dass ich die Sondersitzung des Presbyteriums verpasst hatte. Ob die Herren wohl in meiner Abwesenheit ihr Urteil fällen würden?

Wie auf Bestellung klingelte das Telefon, als ich meine Wohnung betrat.

»Evangelisches Pfarramt, Gerlach!«

»Van Diecken. Schwester Gerlach, ich wollte Ihnen mitteilen, dass die Sondersitzung des Presbyteriums angesichts der tragischen Ereignisse verschoben wurde. Wir treffen uns morgen Abend.«

»Werden Sie anwesend sein, Herr van Diecken?«, fragte ich meinen Chef.

»Ich werde die Sitzung leiten«, erklärte er.

Ich öffnete das Fenster und sah hinaus in den Westpark. Über den alten Bäumen zeigte sich ein roter Schimmer.

Mich fröstelte, und ich zog die Jacke enger um mich.

Stahlabstich im Kohlenpott. Ein bedrohliches Szenario.

Eines, das Menschenopfer forderte.

SECHZEHN

»Sie wollten mich sprechen, Herr Kommissar?«

»Erzählen Sie alles, Fräulein Gerlach, alles!« Kellmann drückte die Zigarette aus und lehnte sich zurück.

Alles. Ich weiß alles. Sie hatten ein Verhältnis mit dem Jungen. Waren Sie bekleidet? Hatten Sie Geschlechtsverkehr mit dem Verstorbenen? Haben Sie ihn unsittlich berührt? Schämen Sie sich nicht?

»Ich höre!«

Er trommelte mit den Fingern der Linken auf den Schreibtisch, in der Rechten den unvermeidlichen Glimmstängel.

Martha, du lässt dich nicht einschüchtern. Lass dich nicht verhören und weise alles zurück, besonders das, was unter der Gürtellinie liegt. Schau ihn an: ein alternder Mann, klein und wichtigtuerisch. Was kann er dir schon anhaben? Du bist Pastorin. Du lässt dich nicht demütigen.

Stell ihn dir in Unterwäsche vor.

»Herr Kommissar, was meinen Sie mit ›alles‹? Das letzte Mal haben Sie mich verdächtigt. Schlimm verdächtigt. Stand nicht sogar im Raum, dass ich Freddy Stankow ermordet haben soll?«

Seine dünnen Augenbrauen wanderten in die Höhe, und seine sorgsam gepflegte Haarsträhne fiel an der falschen Seite der Glatze herunter. »Von Mord war nicht die Rede«, brummelte er, »sondern von Körperverletzung mit Todesfolge.«

»Genauso schlimm für eine Pastorin.«

»Ich mache nur meine Arbeit.«

Ich hielt seinem Blick stand. »Ich auch. Und ich lasse sie mir nicht kaputt machen.«

Er hustete. »Unfug. Keiner macht Ihnen was kaputt. Also, ich höre!«

»Werde ich als Zeugin vernommen oder als Angeklagte?«

»Fragen Sie nicht so albern!« Kellmanns Charme war wie immer umwerfend.

»Also als Zeugin.«

Ich erzählte von Bönkes Verschwinden und von den Gesprächen mit seiner Frau.

»Und Sie haben nicht die Polizei benachrichtigt?«

»Das ist nicht meine Aufgabe. Außerdem ist er ein erwachsener Mann. War er, meine ich.«

»Der zu den Verdächtigen gehörte! Bönke war ein Haudegen.«

»Meinen Sie, er hat Freddy Stankow tatsächlich etwas angetan? Bevor er ihn überfahren hat?«

»Die Kumpels haben Bönke ein Alibi gegeben. Sie sagten, sie hätten abends zusammen gesoffen.«

»Und nachts?«

»War er zu Hause.« Er zündete sich die Nächste an.

»Also ist Freddy abends oder nachts umgekommen?«

»Vielleicht auch morgens. Der Todeszeitpunkt ist nicht genau zu bestimmen. Wir wissen, dass er nachts nicht zu Hause bei seiner Mutter war. Auch nicht bei seinem Vater.«

»Bei mir ebenso wenig«, fiel ich sarkastisch ein.

Er sah mich über den Rand seiner Lesebrille hinweg an. »Hat auch keiner behauptet.«

»Ist der Fall nun abgeschlossen?«, fragte ich neugierig. »Also mit Bönkes Tod? Wie ist Bönke umgekommen? War es ein Unfall?«

»Wissen wir noch nicht genau. Die Ermittlungen dauern an.«

»Also ist Fremdverschulden nicht auszuschließen?«

»Langsam, langsam!« Der Kommissar zog den obligatorischen Bogen Kohlepapier aus der Packung und spannte ihn mit zwei Blättern Papier in die Schreibmaschine. Seine nikotingelben Finger färbten sich an den Kuppen schwarz.

»Erst das Protokoll.«

Kellmann begann, im bewährten Zwei-Finger-System einen Text in die Schreibmaschine zu hacken.

Ich räusperte mich.

»Wird das Verfahren nun eingestellt?«

»Das entscheiden immer noch wir!«, bellte er, als erinnerte er sich erst jetzt daran, dass er hier der Hausherr war.

»So!« Er zog die Blätter aus der Schreibmaschine und las vor. »Einverstanden? Hier unterschreiben!«

Als ich den stickigen Raum verließ, überlegte ich, wie alt Kellmann sein mochte. Ich schätzte ihn auf etwa sechzig Jahre, jedenfalls nahe an der Pensionsgrenze. Überrascht stellte ich fest, dass er mir fehlen würde.

Ohne Zweifel war er ein Original.

Ich folgte den Sargträgern über die aufgeweichten Wege zum Grab. Wieder einmal wurde ein Mensch aus unserer Gemeinde beerdigt. Wieder einmal folgte ein langer Trauerzug dem Sarg. Vorne liefen die Herren des Presbyteriums, dahinter einige jüngere Frauen, denen die Diakonisse in ihrem unermüdlichen Einsatz geholfen hatte. Den Abschluss bildeten die älteren Damen, die sich langsam mit Hilfe eines Gehstocks zum Grab hin bewegten.

Schwester Käthe hatte keine Verwandten mehr. Die Gemeinde war ihre Familie gewesen, dachte ich und fragte mich, ob es mir dereinst ähnlich ergehen würde.

Ich spürte den lauen Wind auf dem schmalen Stück Nacken, das zwischen dem Kragen des Talars und den aufgesteckten Haaren frei geblieben war. Die Septembersonne schien mit sanfter Kraft zwischen den Wolken hindurch auf die hohen Bäume des Friedhofs. Fast so, als freue sich der liebe Gott, Schwester Käthe bei sich aufzunehmen.

»Von Erde bist du genommen. Zu Erde sollst du wieder werden!«

Ich sah den Brocken hinterher, die von der Schaufel auf den Sarg prasselten, und sprach den letzten Segen über die Tote. Während die Gemeinde Blumen und Erde in das Grab fallen ließ, spielten die Posaunen »Jesus meine Zuversicht«, und plötzlich machte sich in mir die Gewissheit breit, dass das Lied dieses Sommers nicht endgültig verstummt war. Freddys Flöte war in Einzelteile zerlegt, seine sterblichen Überreste begraben. Daran war nichts mehr zu ändern, doch das Lied des Lebens würde wieder erklingen, zu gegebener Zeit, mit anderer Melodie und auf anderen Instrumenten.

Nach der Bestattung zog sich der Himmel wieder zu, doch meine Beschwingtheit hielt an, auch als es zu nieseln begann.

Als ich später mit dem Talar über dem Arm die Kapelle verließ, stutzte ich.

Am schmiedeeisernen Friedhofstor stand Schwester Tabea, einen schwarzen Schirm über das weiße Häubchen gespannt.

»Warten Sie auf mich?«

»Ich muss mit Ihnen reden, Fräulein Gerlach.«

»Lassen Sie uns einen Termin vereinbaren. Heute habe ich keine Zeit mehr.« Ich sah auf meine Armbanduhr, die mir mittlerweile unentbehrlich geworden war.

»Die Angelegenheit dürfte von großem Interesse für Sie sein«, sagte sie steif.

»Morgen um neun Uhr bei mir im Amtszimmer«, beschied ich.

Langsam nickte sie und sah auf ihre schmalen schwarzen Schuhe. »Wie Sie meinen, Fräulein Gerlach.«

Wieder war die gute Stube der Bönkes voller Menschen, Nachbarn und Angehörige hatten sich eingefunden, um ihr Beileid auszusprechen. Frau Bönke wirkte blass, aber gefasst. Die Kinder sah ich nicht, vielleicht waren sie woanders untergebracht. Eine ältere Dame, vermutlich die Mutter, bewirtete die Besucher mit Kaffee und belegten Broten. Geschäftig lief sie hin und her.

Schließlich winkte sie mich in die Küche.

»Sie sind der Pastor, nicht?«, eröffnete sie das Gespräch.

»Ja, das bin ich!«

Ihre Stimme senkte sich zu einem Flüstern. »Wir haben da ein kleines Problem. Mein Schwiegersohn war nicht in der Kirche. Er ist schon vor langer Zeit ausgetreten.«

»Das wusste ich nicht.«

»Eine Schande! Er war ja überhaupt so ein Radikaler. Meine Tochter hat viel mitgemacht! Hätte sie mal lieber den Hans geheiratet, der war solide. Aber der war ihr ja nicht gut genug …«

»Frau …«

»Paulsen!«

»Liebe Frau Paulsen, dazu kann ich nichts sagen. Soll es denn eine christliche Bestattung werden?«

»Gewiss doch! Was sollen denn die Nachbarn sagen!«

»Was meint Ihre Tochter dazu?«

»Meine Tochter?« Der Wasserkessel begann zu pfeifen. Sie nahm ihn von der Kochplatte und goss Wasser in den Porzellanfilter. Ein angenehmer Duft nach Bohnenkaffee machte sich breit. »Meine Tochter hat im Moment andere Probleme. Das verstehen Sie doch sicher.«

Ich heftete meinen Blick auf die hellgelben Fliesen, in deren Fugen sich Talg abgesetzt hatte. Frau Bönke war keine gute Hausfrau, doch das war ich ebenso wenig.

»Die Witwenrente fällt nicht groß aus«, fuhr die beunruhigte Mutter fort.

»Ich dachte, die Hoesch-Werke sorgen gut für ihre Arbeiter?«

»Mein Schwiegersohn war noch jung.« Sie schüttete Wasser nach. »Da kommt nicht viel zusammen. Das wird nur ein kleiner Betrag.«

»Gibt es Verwandte, die aushelfen können?«

Sie schüttelte den Kopf. »Ich hab auch nicht viel. Mein Mann war kriegsversehrt und konnte nicht arbeiten. Ich habe ihn lange Jahre gepflegt, bevor er gestorben ist.«

Energisch stellte sie den Kessel zurück auf die Platte. Sofort begann das Wasser wieder zu sprudeln. »Das ist jetzt fünfzehn Jahre her.«

Sie begann, Tassen und Teller abzuspülen. Automatisch griff ich nach einem Geschirrtuch, um abzutrocknen.

»Mein Schwiegersohn muss mit dem Segen der Kirche beigesetzt werden. Denken Sie an die Kinder!«

Energisch stellte sie die Tasse in den Küchenschrank.

Schlagartig leerte sich das Wohnzimmer. Es war kurz nach sechs Uhr abends. In weniger als einer Stunde würde das Tribunal zusammentreten und über mein weiteres Schicksal entscheiden.

Die letzten Gäste verabschiedeten sich.

Untermalt von vielen Gesten, erzählte eine Nachbarin langatmig ein Erlebnis. Nachdem sie die Wohnung verlassen hatte, sackte Frau Bönke in sich zusammen.

»Es tut mir so leid«, sagte ich zum wiederholten Mal und nahm ihre Hand.

»Wie kann Gott das zulassen?«

»Ich weiß es auch nicht«, sagte ich leise. Heimlich schielte ich nach der Uhr. Noch zwanzig Minuten.

»Er war noch so jung. Was soll jetzt aus uns werden?« Beschützend legte sie die Hände auf ihren runden Leib.

»Wir versuchen, zu helfen.«

»Danke.« Sie wischte sich mit dem Taschentuch über die Augen. Noch eine Viertelstunde.

»Frau Bönke, eine Frage, wenn Sie gestatten.«

Sie knüllte das Tuch zusammen und ließ es achtlos auf den Teppichboden fallen. »Ihr Mann war nicht in der Kirche. Soll er trotzdem christlich bestattet werden?«

Statt einer Antwort begann die Unglückliche erneut zu weinen.

Ihre Mutter kam aus der Küche. »Sie sehen doch: Meine Tochter kann im Moment nichts entscheiden.«

SIEBZEHN

Superintendent van Diecken eröffnete die Sitzung mit einer Andacht und übergab das Wort an Skendzik.

»Angesichts der tragischen Ereignisse gestern mussten wir unsere Sitzung verschieben«, begann mein Kollege. »Der Familie Bönke gelten unsere Gedanken und unsere Wünsche nach dem tragischen Tod des Familienvaters.«

Alle senkten die Köpfe.

Nach der Schweigeminute erhob er wieder die Stimme: »Wie ihr alle wisst, geht es um meine Kollegin, Fräulein Pastor Gerlach.« Sein hübsches Gesicht, umrahmt von den dunklen Haaren, blieb ausdruckslos. »Kritische Stimmen haben sich zu Wort gemeldet. Es haben sich Zweifel bezüglich der Amtsausübung von Fräulein Gerlach ergeben.«

Streichhölzer flammten auf, die ersten Presbyter griffen zur Zigarette. Kaltes Bier stand bereit.

Draußen hatte der Herbst endgültig Einzug gehalten. Die alte Kohleheizungsanlage verbreitete mehr Geräusche und Gerüche als Wärme.

Ich fühlte mich wie das Kaninchen vor der Schlange. Was würde nun passieren?

Skendzik fuhr fort: »Im Lauf der letzten Wochen haben sich einige Dinge ereignet, die der Klärung bedürfen. So wird Fräulein Gerlach vorgeworfen, dass sie einen Minderjährigen aus der Gemeinde, der zudem ihr Konfirmand war, bedrängt hat.«

Ich schluckte.

Er griff zu einem Blatt Papier und las ab: »Das letzte Treffen zwischen Fräulein Gerlach und Friedrich Stankow fand am 2. September gegen achtzehn Uhr in der Kleingartenanlage Zum Emschergrund statt. Kurz darauf verstarb der Jugendliche. Ein direkter Zusammenhang mit dem tragischen Tod von Friedrich Stankow konnte nicht nachgewiesen werden.«

Der Bügelverschluss einer Bierflasche klackte.

»Jenseits der tragischen Ereignisse stellt sich die Frage nach der moralischen Verantwortlichkeit und danach, ob Fräulein Pastor Gerlach ihren Dienst in unserer Gemeinde auf angemessene Weise ausübt.«

Mit unbewegter Miene legte er das Blatt auf den Tisch.

Ich blickte in die Runde. Presbyter Rabenau hielt eine Bierflasche in beiden Händen und schaute auf den Holztisch. Ein grauhaariger Herr, ein pensionierter Lehrer, nickte bedächtig und zog an seiner Zigarette. Zwei jüngere Männer nahmen einen Schluck aus der Flasche und sahen sich an. Einer drückte den Glimmstängel im Aschenbecher aus.

Die einzige Frau, die diesem Gremium angehörte, war dafür bekannt, dass sie während der Sitzungen schwieg.

Skendzik hob das Papier wieder und ignorierte den Rauch, der sich mittlerweile unter den Lampen zu Schwaden formierte.

»Als weitere Punkte werden aufgelistet:

4. September 1969: Fräulein Gerlach erhält gegen acht Uhr abends Besuch von Herrn Reporter Luschinski. Längerer Aufenthalt des Genannten im Pfarrhaus. Zweck des Besuchs unklar.

6. September 1969: Fräulein Gerlach wird zu später Stunde von Herrn Reporter Luschinski nach Hause gebracht. Vor dem Pfarrhaus längerer Verbleib von Fräulein Pastor Gerlach und Herrn Luschinski im Automobil.

10. September 1969: Herr Betriebsrat Stankow sucht Fräulein Gerlach gegen halb elf Uhr abends im Pfarrhaus auf. Längerer Verbleib des oben Genannten. Nach Mitternacht kommt Herr Reporter Luschinski dazu. Eine halbe Stunde später verlassen die Herren das Haus.«

Skendzik schaute auf. »So weit das vorliegende Protokoll der Ereignisse.«

Mir stockte der Atem. »Wer hat das verfasst?«, fragte ich empört.

Superintendent van Diecken machte eine beruhigende Geste. »Stimmt es denn, Fräulein Gerlach? Entsprechen diese Aufzeichnungen den Tatsachen?«

Ein weiteres Mal sah ich in die Runde. Rabenau hatte mittlerweile seine Bierflasche geleert. In den Gesichtern der beiden jungen Presbyter entdeckte ich Neugier.

Der alte Lehrer hüstelte: »Fräulein Gerlach, das sind in der Tat schwere Anschuldigungen. Ein solcher Lebenswandel ziemt sich nicht für eine Dienerin Gottes.«

Ich erhob mich und sagte mit lauter Stimme: »Herr Superintendent, wissen Sie, was diese Aufzeichnungen bedeuten? Irgendjemand aus der Gemeinde, vielleicht sogar aus dem Presbyterium, spioniert mir nach und führt Buch über mein Privatleben!«

»Bitte, beruhigen Sie sich, Schwester Gerlach. Sie werden später Gelegenheit bekommen, sich zu äußern.« Der Superintendent sprach mit fester Stimme. »Fahren Sie fort, Bruder Skendzik.«

Mein Kollege kam nun zum Schluss. »Fräulein Gerlachs Verhalten entspricht nicht dem, das man von einer Pastorin billigerweise erwarten kann. Es ist zu überprüfen, ob ein gedeihliches Wirken in unserer Gemeinde in Zukunft noch gewährleistet werden kann«, verlas Ernst Skendzik mit monotoner Stimme.

Ich konnte nicht verhindern, dass mir Tränen in die Augen schossen.

»Kommen wir nun zur Aussprache«, bestimmte Superintendent van Diecken. »Zunächst bekommt Fräulein Pastor Gerlach Gelegenheit, zu den Vorwürfen Stellung zu beziehen.«

Ich räusperte mich, doch zu meinem Schreck blieb mir die Stimme in der Kehle stecken. Mein Kollege schaute mich ratlos an.

Der Superintendent ordnete an: »Wir machen eine Viertelstunde Pause und lüften. Danach wird die Sitzung fortgesetzt.«

Einer der jüngeren Presbyter öffnete ein Fenster. Kalte Herbstluft strömte herein.

Draußen war es dunkel.

»Sie entschuldigen mich bitte«, sagte ich mit erstickter Stimme und verließ den Raum. Ich flüchtete in die Küche, die dunkel und unbeheizt vor mir lag, und betätigte den Lichtschalter. Aufgeräumt und leer wirkte der Raum steril. Ich erinnerte mich an die vielen Gespräche, die hier beim Spülen und Abtrocknen stattgefunden hatten, und fühlte mich entsetzlich allein. »Dir fehlt die Demut«, klang Schwester Käthes Stimme in mir nach. War es Hybris gewesen, als Pastorin arbeiten zu wollen? Als Gemeindehelferin oder Diakonisse hätte ich ebenfalls gute Arbeit leisten können. Plötzlich überkam mich der Wunsch, unsichtbar zu sein. Ich schaltete das Licht aus und stellte mich an das Fenster.

Hast du dich nicht manches Mal erhaben gefühlt, gemeint, du seist besonders berufen und begabt? Nun wenden sie sich ab. Die Männer, warst du doch nie eine der Ihren. Und die Frauen, hast du doch ihre Sphäre verlassen und dich hinausgewagt. Zu weit hinaus? Wer hilft nun, da ich verlassen bin und heimatlos? »Ich will lieber die Tür hüten in meines Gottes Hause als wohnen in der Gottlosen Hütten.« War dies hier das Haus Gottes? War hier noch Raum für mich?

Ich starrte hinaus auf die dunkle Straße. Einzelne Laternen zeichneten Lichtinseln auf den Boden. Hinter den Gardinen bewegten sich Schatten. Bläuliches Flimmern wies darauf hin, dass in einem der Wohnzimmer ein Fernsehapparat lief, vor dem Familien und Paare saßen und zuschauten.

Die Tür klappte. Kurz darauf flammte das Licht auf. Geblendet schaute ich mich um. Der Superintendent stand im Raum.

»Schwester Gerlach? Hier sind Sie also. Wir würden gerne fortfahren.«

Er trat einen Schritt näher. »Fühlen Sie sich nicht gut, Schwester Gerlach?«

»Es geht schon wieder.«

»Kommen Sie bitte wieder in den Saal. Es gibt noch Fragen.«

»Herr Superintendent?«, sagte ich unsicher.

»Bitte, Schwester Gerlach?«

»Wird es eine Abberufung aus der Gemeinde geben?« Ich hatte von solchen Fällen gehört. Pfarrer, die sich etwas hatten zuschulden kommen lassen, wurden abgewählt.

Van Diecken legte mir die Hand auf die Schulter. »So weit ist es noch lange nicht. Zunächst gibt es eine Anhörung. Das Presbyterium berät, ob eine gedeihliche Zusammenarbeit künftig noch stattfinden kann. Mindestens zwei Drittel müssen diese Frage verneinen. Dann geht die Angelegenheit an die nächsthöhere Ebene.«

»Sind das nicht Sie als Superintendent?«

Er räusperte sich. »Das letzte Wort hat die Kirchenleitung.«

»Könnten Sie mich nicht woanders einsetzen?«, fragte ich mit zitternder Stimme. Noch vor wenigen Wochen wollte ich unbedingt hierbleiben, doch seitdem war viel geschehen. Würde ich je wieder unbefangen hier arbeiten können? Ich dachte an meinen hoffnungsvollen Beginn zurück und seufzte.

»Na, na, na«, machte van Diecken beruhigend. »So schnell schießen die Preußen nicht! Nur Mut, Sie schaffen das schon!« Sanft schob er mich aus der Küche in den Saal.

Alle Blicke richteten sich auf mich. Die Dielen knarzten unter meinen Füßen.

Ich stellte mich vor den Stuhl und richtete mich zu voller Länge auf. Dann blickte ich auf das Kreuz an der Wand.

»Ich gebe Folgendes zu Protokoll«, begann ich und merkte, dass meine Stimme tonlos klang, beinahe metallisch. »Die von Pfarrer Ernst Skendzik vorgetragenen Daten und Ereignisse entsprechen den Tatsachen. In Ausübung meines pastoralen Amtes habe ich sowohl den Reporter Luschinski als auch den Betriebsrat Stankow zu später Stunde in meiner Amtswohnung empfangen. Dafür lagen ausschließlich dienstliche Gründe vor. Von keiner Seite aus erfolgte ungebührliches Verhalten. In der Angelegenheit Friedrich Stankow hat die Polizei ermittelt und ist zu dem Ergebnis gekommen, dass mir eine Schuld am Tod des jungen Mannes nicht angelastet werden kann.«

Noch einmal schaute ich in die Runde. Dachdecker Rabenau schaute verlegen zu Boden, zwei leere Bierflaschen neben sich. Die ältere Dame hatte die Augen geschlossen.

Der pensionierte Lehrer meldete sich zu Wort.

Bevor er sich äußern konnte, fuhr ich fort: »Sollte das Presbyterium zu dem Ergebnis kommen, dass ich meine Amtsgeschäfte nicht in angemessener Weise durchgeführt habe, bin ich selbstverständlich bereit, mich von meinen Pflichten mit sofortiger Wirkung entbinden zu lassen!«

Betretenes Schweigen herrschte im Raum.

Mein Kollege hob den Kopf und sah mich an. »Das wäre allerdings schade, Martha. Ich hoffe, wir finden eine andere Lösung. Gibt es Rückfragen?«

»Gut. Das ist nicht der Fall«, stellte der Superintendent fest.

»Dann bitte ich Schwester Gerlach nun, den Raum zu verlassen, damit das Presbyterium in ihrer Abwesenheit zu einer Entscheidung gelangen kann.«

Ich nahm Kurs auf die Tür.

»Wollen Sie draußen warten, Schwester Gerlach?«, rief mir der Superintendent hinterher.

Ich schüttelte den Kopf.

»Ich werde Sie telefonisch über das Ergebnis der Beratungen in Kenntnis setzen.«

»Luschinski? Du bist zu Hause! Gott sei Dank!« Ich hielt den Hörer dicht an das Ohr.

»Martha? Kann ich dich zurückrufen?«

Hörte ich im Hintergrund eine Frauenstimme?

»Schlecht. Ich muss die Leitung freihalten für den Superintendenten. Er ruft später an …«

»Oh Gott, die Sondersitzung! Wie konnte ich das vergessen! Ich melde mich!«

In Gedanken versunken schaltete ich das Radio an, einen Röhrenapparat, an den ich einen Plattenspieler angeschlossen hatte. Ein Sprecher kommentierte die Folgen des immer noch andauernden Streiks. Ich legte eine Schallplatte auf. Zum ersten Mal seit Freddys Tod hörte ich bewusst Musik.

Kurz darauf erklang Antonín Dvořáks Sinfonie »Aus der Neuen Welt«. In sanftem Moll begannen die Streicher, später gesellten sich Bläser und Pauken hinzu. Danach steigerte sich das Orchester zu einem gewaltigen Fortissimo und ließ die textile Bespannung des Lautsprechers vibrieren. Die Dramatik entsprach meiner inneren Verfassung. Ich meinte, ein Geräusch zu hören, und drehte die Musik leiser.

Kurz darauf vernahm ich die Türklingel. »Wer da?«, rief ich aus dem Toilettenfenster hinaus.

»Huhu! Ich bin's.«

»Ich mache auf!«

Noch bevor der Besucher den oberen Treppenabsatz erreicht hatte, rief ich: »Luschinski, du bist da. Ein Glück! Willst du mich heiraten?«

Der Reporter blieb wie angewurzelt stehen.

»Martha? Hauch mich an. Hast du einen sitzen?«

Ich schüttelte den Kopf.

Er nahm die restlichen fünf Stufen mit zwei Schritten. »Oder meinst du, ich muss dich ehelichen, weil ich dich kompromittiert habe?«

»Schon eher!«

»Erzähl. Was ist los?« Er legte mir den Arm um die Schultern und führte mich in die Küche. Aus dem Wohnzimmer schallte lautstark das Orchester.

Mit einem Ruck hob ich den Arm von der Platte und legte ihn auf die Befestigung. »Man prangert meinen Lebenswandel an«, sagte ich düster. »Das Presbyterium denkt darüber nach, ob eine gedeihliche Zusammenarbeit in Zukunft noch stattfinden kann.«

»Zu viel Herrenbesuch?«

»Ja, vor allem nachts!«

Der Reporter zwinkerte mir zu. »Stankow? Woher wissen sie das?«

Ich stöhnte. »Irgendjemand hat alles protokolliert. Mit Datum und Uhrzeit!«

»Das klingt, als hätte jemand gepetzt. Deshalb willst du mich heiraten? Damit du ehrbar wirst?«

»Damit ich aus dem Dienst ausscheiden kann!«

»Und was machst du dann? Sitzt in meiner miefigen Junggesellenbude, während ich mich herumtreibe, kaust an den Fingernägeln und wimmelst meine Verehrerinnen ab?«

»Hast du so viele?«

Er legte die Kamera auf den Küchentisch. »Wie wär's mit 'nem Bier?«

Als er die Flasche an den Mund setzte, klingelte das Telefon.

»Evangelisches Pfarramt, Gerlach!«

»Superintendent van Diecken!«

Während mein Chef von dem Resultat der Presbytersitzung berichtete, klirrte es. »Schwester Gerlach, was war das für ein Geräusch im Hintergrund? Haben Sie Besuch?«

»Die Katze. Sie hat eine Vase vom Tisch geworfen«, flunkerte ich.

Als ich die Küche betrat, wies Luschinski auf einen Scherbenhaufen. »Das Bild ist heruntergefallen!« Er hob das Foto von einem Sonnenuntergang aus den Glassplittern.

Eilig nahm ich Handfeger und Schaufel und kehrte die Scherben zusammen.

»Was sagt dein Chef?«, wollte Luschinski wissen.

»Darf ich nicht verraten. Die Beschlüsse sind geheim.«

»Aber morgen gehst du wieder zur Arbeit?«

Ich nickte.

»Warum findest du nicht heraus, wer hinter dir herschnüffelt?«

»Was soll das bringen?«

»Dann weißt du, woher der Wind weht! Besorge dir die Auflistung. Den Beschluss. Was auch immer!« Er raufte sich die Haare. »Ich helfe dir bei der Detektivarbeit. Übrigens: Hast du Werkzeug im Haus?«

»Im Kabuff. Warum?«

»Dann hol mir einen Mottek!«

»Einen was, bitte?«

»Mottek. So sagt man im Kohlenpott zum Hammer. Du bist wohl nicht von hier?«, scherzte er.

»Was willst du mit dem Mottek?«

»Einen Nagel einschlagen! Damit das Bild hängen bleibt.«

Nachdem er den Nagel mit einigen gezielten Schlägen in die Wand getrieben hatte, bemerkte ich: »Eigentlich schade, dass du mich nicht heiraten willst!«

Er strich mir über den Arm. »Wenn ich jemals heiraten würde, dann nur dich, Martha!«

Ich lächelte.

»Aber glaub mir, ich würde dich nicht glücklich machen. Dich nicht und auch keine andere.«

ACHTZEHN

In einem schwarz umrandeten Nachruf beklagten die Hoesch-Werke den tragischen Tod ihres verdienten Mitarbeiters Karl Bönke. Ich legte die Zeitung neben die Kaffeetasse, zog den Mantel über und machte mich auf den Weg. Nun galt es, herauszufinden, wer für die Anschuldigungen im Presbyterium verantwortlich war.

Unsere Bürokraft zierte sich, als ich sie um die Vorlage für die Sondersitzung bat. »Ich weiß nicht, ob ich Ihnen das aushändigen darf!«, säuselte sie und schob den Bleistift hinter das Ohr, halb verdeckt von dem Bubikopf.

»Aber sicher doch. Ich bin schließlich die Pastorin!« Und damit Ihre Vorgesetzte, fügte ich in Gedanken hinzu.

Langsam zog sie einen Ordner aus dem Regal. »Hier finden Sie alles!«

Drei Blätter dokumentierten in Maschinenschrift mein angebliches Fehlverhalten.

»Frau Bigalski? Könnte das auf unserer Schreibmaschine geschrieben worden sein?« Ich zeigte auf die IBM-Kugelkopfmaschine, die, vor einigen Jahren angeschafft, mittlerweile in die Jahre kam.

»Natürlich«, flötete die Angesprochene. »Ernst hat es diktiert.«

»Dann wissen Sie ja, worum es geht. Woher hatte mein Kollege die Informationen?«

Sie zog den Bleistift wieder aus dem Haar und legte den Kopf schief. »Das weiß ich leider nicht, Fräulein Gerlach.«

Ratlos verließ ich das Büro. Auf dem lang gezogenen Korridor traf ich Schwester Tabea. Siedend heiß fiel mir unsere Verabredung ein.

»Ich war bei Ihnen und habe Sie leider nicht angetroffen«, sagte sie anklagend. »Pünktlich um neun. Haben Sie mich vergessen?« Ihr Mund war ein schmaler, dünner Strich.

»Lassen Sie uns die Besprechung jetzt abhalten.«

»Ach nein, das ist wohl nicht nötig.« Sie wollte an mir vorbeigehen.

»Gestern sagten Sie, es sei dringend.« Stand sie hinter den Anwürfen? Superintendent van Diecken hatte von einem Aufschub der Verhandlungen berichtet. In drei Monaten würde das Presbyterium erneut verhandeln. Bis dahin arbeitete ich auf Bewährung in der Gemeinde.

»Dann bitte nicht hier«, sagte die Diakonisse spröde. »Gehen wir hinauf in die Wohnung.«

Die Tür zu Schwester Käthes Raum war weit geöffnet, das Bett frisch bezogen. Der Ohrensessel und das große Bild waren verschwunden.

»Leben Sie jetzt allein hier?«

Die Diakonisse nickte.

»Hoffentlich bekommen Sie bald wieder Verstärkung.«

»Die jungen Frauen wollen heutzutage nicht mehr in die Schwesternschaft eintreten. Die meisten heiraten.«

»Dann haben Sie sicher viel zu tun in der Gemeinde.«

»Das können Sie wohl laut sagen. Einen Kaffee, Fräulein Gerlach?«

»Nein, danke. Sie haben von Herrn Bönkes tragischem Tod gehört?«

»Ja, selbstverständlich.«

»Die Familie braucht Unterstützung.«

»Ich werde mich darum kümmern.«

Das Gespräch versickerte.

Ich nahm auf dem Besucherstuhl Platz. »Was haben Sie nun auf dem Herzen, Schwester Tabea?«, nahm ich einen neuen Anlauf.

»Ich sollte wohl doch besser nicht reden.«

»Jetzt haben Sie damit angefangen. Dann können Sie auch fortfahren!«

Sie zögerte.

»Betrifft es mich?«

Ihre langen Finger spielten auf der Tischplatte Klavier.

»Hat es mit den Vorgängen zu tun, die meine Person betreffen?«

»Nicht direkt.«

In Gedanken zählte ich bis drei. »Hat es mit den Todesfällen zu tun?«

Sie senkte den Kopf.

»Mit Freddy Stankow?«

»Freddy und Ernst haben sich gekannt«, sagte sie leise. »Sie haben sich sehr gut gekannt. Ich habe sie oft zusammen gesehen.«

Ich zuckte mit den Schultern. »Sie haben sich gut verstanden.«

»Manchmal kamen sie zusammen zum Jugendkeller. Einmal habe ich sie gemeinsam weggehen sehen.«

Vom Fenster ihrer Wohnung aus hatte sie Blick auf den Eingangsbereich. Was mochte sie sonst noch beobachtet haben?

»Spionieren Sie dem Kollegen nach? Er ist Ihr Vorgesetzter!«, sagte ich scharf.

Die Schwester sah mich an. Ihr Blick wirkte verletzt. »Ich wollte Ihnen nur helfen.«

Wie der Zufall es wollte, kam mir mein Kollege auf der Treppe entgegen.

»Guten Morgen, Ernst. Kann ich dich kurz sprechen?«

»Geht es um die Sondersitzung?«

»Auch«, wich ich aus.

»Lass uns in den kleinen Saal gehen. Dort sind wir ungestört.«

»Von wem hast du die Informationen über mein Privatleben?«, kam ich direkt zur Sache.

»Eine Pastorin hat kein Privatleben«, hielt er dagegen. »Wir stehen ganz im Dienst der Sache!«

»Gleichviel. Wer hat dir die Liste zugespielt?«

»Sie ist mir in die Hände gefallen.«

»Und daraufhin berufst du das Presbyterium ein und lädst den Superintendenten dazu?«

»Es war so gewünscht.«

»Vom wem?«, frage ich eindringlich.

»Bitte, reg dich nicht auf, Martha«, sagte Ernst sanft. »Du bist sehr geschätzt in der Gemeinde. Wir möchten dich nicht entbehren.«

»Wer hat die Liste aufgesetzt?«, beharrte ich.

»Liebe Martha. Cui bono? Wem nützt die Antwort?« Mit einer fahrigen Geste fuhr er sich durch das dunkle Haar.

»Mir! Ich will weiter hier arbeiten!«

»Das sollst du, Martha, das sollst du!«

Ich schnaubte. »Das Misstrauen vergiftet die Atmosphäre. Ich bin länger hier als du!«

»Das weiß ich.« Er lächelte mild.

»Du untergräbst meine Stellung!«

»Ich finde, du reagierst sehr gefühlsbetont.« Er erhob sich. »Vielleicht sollten wir das Gespräch ein anderes Mal fortsetzen.« Selbst jetzt klang seine Stimme angenehm weich.

Ich erhob mich ebenfalls. »Da lobe ich mir den früheren Kollegen. Da wusste ich, wie ich dran war!«

Skendzik machte eine unbestimmte Handbewegung.

Diese Geste erinnerte mich an etwas.

Doch ich kam nicht darauf, woran.

Das Pfarrhaus meines Vorgesetzten stand nah an der Bundesstraße 1. Der Feierabendverkehr hatte bereits eingesetzt, und die Autos schoben sich Stoßstange an Stoßstange über die große Verkehrsader quer durch die Stadt.

Ich nahm all meinen Mut zusammen und klingelte.

Die Frau des Superintendenten öffnete. Ihre Erscheinung war über jegliche modische Bestrebung erhaben. Sie sah genauso aus, wie ich mir eine Pfarrfrau vorstellte: das grau melierte Haar zu einem Knoten aufgesteckt, das Gesicht darunter faltenfrei und freundlich. Rock und Bluse wirkten zeitlos.

»Treten Sie ein, Fräulein Gerlach. Mein Mann kommt sofort.«

Auf dem Flur traf ich auf einen älteren Amtsbruder, von dem ich wusste, dass er Vorbehalte gegen Frauen im Pfarramt hatte. Er nickte mir kurz zu.

Dann bat mich der Superintendent in sein Amtszimmer.

Er gab mir die Hand. »Schwester Gerlach! Was führt Sie zu mir?«

Dieses Mal hatte ich um das Gespräch gebeten, wohl wissend, dass es um heikle Angelegenheiten ging.

»Sie haben von dem tragischen Unglück auf der Stahlhütte gehört, bei dem der Lokführer um das Leben kam?«, begann ich.

»Selbstverständlich.«

»Es gibt ein Problem. Der Mann war Kommunist und nicht in der Kirche. Ist es möglich, ihn dennoch christlich zu beerdigen?«

»Hm. Hm.« Der Superintendent strich sich über das Kinn. »Ist denn seine Frau in der Kirche?«

»Die Schwiegermutter wünscht eine kirchliche Bestattung.«

»Zumindest ist das unüblich. Das Presbyterium müsste dem zustimmen. Würden Sie gegebenenfalls die Beerdigung selbst übernehmen?«

»Auf jeden Fall.«

»Haben Sie mit Ihrem Kollegen darüber gesprochen?«

Ich schüttelte den Kopf.

Er lehnte sich zurück. »Wie geht es Ihnen nun in der Gemeinde?«

»Etwas besser, nachdem keine Abberufung eingeleitet wurde. Ein unangenehmer Nachgeschmack bleibt trotzdem.«

Er machte eine unbestimmte Handbewegung. »Das wird schon wieder. Wie kommen Sie mit Skendzik aus?«

»Ich weiß nicht, wie ich mit ihm daran bin«, bekannte ich freimütig. »Er hat den Vorsitz im Presbyterium, obwohl ich länger in der Gemeinde bin.«

Van Diecken hob seine Rechte. »Das liegt in der Natur der Sache.«

»Warum? Weil ich eine Frau bin?«

Mein Vorgesetzter hob die Hände. »Sie sind sehr ungeduldig, Schwester Gerlach. Manche Dinge brauchen ihre Zeit.«

»Mich beschäftigt Skendziks Lebenslauf. Was hat er gemacht, bevor er in unsere Gemeinde kam?«

»Er hat lange in Berlin gelebt. Dort hat er auch geheiratet. Gebürtig kommt er aus Hagen.«

»Was führte ihn zurück nach Dortmund?«

Das Telefon klingelte. Van Diecken hob ab. »Ja. Ja, ich bin gerade im Gespräch!« Ich blickte in den Hinterhof, der mir nicht ganz so trist erschien wie bei meinem letzten Besuch. Lag es an dem bunten Laub auf dem Boden oder daran, dass ich die Angelegenheit nun selbst in die Hand genommen hatte?

Es klackte, als van Diecken den Hörer auf die Gabel legte.

»Leider muss ich unser Gespräch nun beenden.«

»Herr Superintendent, ich habe eine letzte Frage.«

»Bitte sehr, Schwester Gerlach!«

»Nur einmal angenommen, ein Pfarrer wäre homosexuell. Was würde mit ihm passieren?«

Sein Blick wurde wach hinter der Brille. »Denken Sie an jemand Bestimmtes?«

»Nein, nein. Ich frage rein theoretisch.«

»Ich hoffe doch, dass ein solcher ›Bruder‹ nicht auf die Idee kommt, Theologie zu studieren. So etwas gibt es unter Theaterleuten und bei Filmstars. Da mag es angehen. Mit dem geistlichen Amt verträgt es sich nicht.«

»Es könnte ja sein, dass er es erst später bemerkt ...«

»Nun. Dann könnte er den Beruf noch wechseln.«

»... und vielleicht auch schon geheiratet hat.«

Er erhob sich. »Schwester Gerlach. Die Bibel ist an dieser Stelle sehr deutlich. Sie wissen, was der Apostel Paulus an die Römer schreibt?« Ganz leicht hob er die rechte Augenbraue.

»... desgleichen haben nun auch die Männer den natürlichen Verkehr mit der Frau verlassen und sind in Begierde zueinander entbrannt und haben Mann mit Mann Schande getrieben und den Lohn ihrer Verirrung an sich selbst empfangen«, zitierte ich.

Van Diecken nickte anerkennend. »Ich sehe, Sie sind bibelfest, Schwester Gerlach! An dieser Aussage gibt es nichts zu rütteln!«

»Aber wenn es angeboren ist? Wenn sie nicht anders können?«

»Dann sind sie zu einem Leben in Keuschheit angehalten«, antwortete der Superintendent im Brustton der Überzeugung.

»Wie die Pastorinnen auch!«, fügte ich bitter hinzu.

Van Diecken sah mich an, als wollte er etwas erwidern, doch dann geleitete er mich stumm zur Tür.

Auf dem Rückweg machte ich am Ostfriedhof halt. Urwüchsiger als der Südwestfriedhof, wirkte diese Ruhestätte wie ein Mischwald hinter Mauern. Durch dichte Baumkronen fielen vereinzelt goldene Sonnenstrahlen. Ich raschelte mit den Füßen durch das Herbstlaub, schob eine Kastanie vor mir her. Zurückgesetzt, ein wenig abseits vom Hauptweg, entdeckte ich ein Familiengrab. Ganze Generationen waren hier beerdigt. Eine mannshohe Skulptur verdeckte die Platte nur zum Teil. Ich näherte mich über den zugewucherten Boden. »Und ist es köstlich gewesen«, entzifferte ich auf dem verwitterten Stein, »so ist es Mühe und Arbeit gewesen.«

Gedenksteine mit dem Symbol der Bergleute, Schlägel und Eisen, erinnerten an die großen Grubenunglücke. »Schacht Kaiserstuhl II«, las ich, »gestiftet von der Gewerkschaft Westphalia«.

Nicht nur im Stahlwerk gab es gefährliche Arbeitsplätze. Seit Jahrhunderten forderte die schwere körperliche Arbeit im Kohlenpott Opfer. Manche waren unter Tage umgekommen, verschüttet in den Schächten. Andere starben an einer Staublunge.

War Bönke nichts weiter als ein Opfer der Umstände, schlimm für die Angehörigen, aber unvermeidlich, weil es ja immer irgendeinen traf? Und galt Ähnliches für Freddy Stankow, der nicht einmal auf der Hütte gearbeitet hatte?

Länger als zwei Wochen lag der Septemberstreik zurück, und Freddys Tod war immer noch nicht aufgeklärt. Wieder überkam mich tiefe Trauer, wenn ich an dieses allzu früh erloschene Leben dachte. Ob die Polizei den Fall zu den Akten legen würde?

In Gedanken versunken, suchte ich einige Kastanien im Herbstlaub zusammen und strich über ihre glatte Oberfläche.

Tiefe Ruhe durchströmte mich.

Sollte man sich damit abfinden, dass es innerhalb von zwölf Tagen zwei tragische Todesfälle gegeben hatte, zufällig beide an demselben Ort? Es musste nicht zwangsläufig einen Zusammenhang zwischen ihnen geben.

Ich zog den Kragen meines grauen Mantels hoch, den ich nun statt des roten Schwingers trug.

Von der nahe gelegenen Kirche schlug die Uhr fünf, als ich mich auf das Fahrrad setzte. Auf der Saarlandstraße strömten Frauen mit gefüllten Einkaufstaschen aus dem Supermarkt. Eine Bahn unterquerte ratternd die Möllerbrücke.

Die Heizperiode hatte begonnen. Es roch nach Kohle und Rauch.

Vor dem Haus der Bönkes machte ich halt und lehnte das Fahrrad an die Hauswand. Was würde mich bei der Witwe erwarten?

Ich ließ die Kastanie durch die Finger gleiten, und die Ruhe kehrte zurück.

NEUNZEHN

»Er wollte das Kind.« Die junge Frau schluchzte. Es sollte ein kurzer Besuch werden, um zu klären, ob eine christliche Bestattung erwünscht war. Nun schüttete mir die junge Frau ihr Herz aus.

»Er wollte das Kind, und er wollte mich überreden, es ihm zu überlassen. Er meinte, ich wäre vernünftig. Anders als mein Mann.«

»Welches Kind? Andy?« Ich wies auf den Jungen, der aufgeregt durch den Raum lief. Ob er begriffen hatte, dass sein Vater nicht wiederkommen würde?

Sie schüttelte den Kopf, und ich bemerkte einen Flecken auf ihrem schwarzen Kleid, unbarmherzig enttarnt durch das Licht der Deckenlampe.

Draußen fuhren die Autos vorbei.

»Nicht Andy.«

»Sondern das Baby? Wo ist es überhaupt?«

»Im Schlafzimmer«, flüsterte sie. Ich stellte mir das Ehebett vor, in dem die eine Hälfte seit fünf Nächten ungenutzt geblieben war. Wie alt mochte der Säugling sein?

»Nicht das Baby«, sagte sie matt.

Da endlich fiel der Groschen. »Er wusste, dass Sie in anderen Umständen sind.«

»Ich sollte es als seines ausgeben.«

Also hatte Stankow in jener Nacht, in der er mich betrunken aufgesucht hatte, die Wahrheit gesprochen.

»Als Ersatz für Freddy, den Ihr Mann überfahren hatte«, stellte ich fest.

»Hermann konnte nichts dafür.«

Ich schlug die Beine übereinander. Im Sofa saß ich sehr tief. »Was ich nicht verstehe: Warum sollten Sie dem zustimmen?«

Sie senkte den Kopf. Erneut flossen Tränen.

»Hat er Ihnen Geld versprochen?«

Sie verneinte.

»Sie erpresst?«

Leise begann sie zu sprechen. »Ich habe eine Ausbildung gemacht. Kaufmann im Büro. Damals kannte ich meinen Mann schon. Wir sind miteinander gegangen, seit ich fünfzehn bin. Mutter wollte das nicht. Hermann war nur ein einfacher Arbeiter.«

»Das hat sie erzählt.«

»Hermann hatte ein gutes Herz, er war rechtschaffen. Eine ehrliche Haut, der Hermann.« Nun sah sie mich an, die Augen rot geädert vom Weinen.

»Ich wollte keinen anderen. Ich wollte nie einen anderen.« Ich dachte an den stattlichen Mann mit den wild dreinblickenden Augen unter dem dunklen Schopf und nickte. Das war ein Mannsbild, das einer Frau schon gefallen konnte.

»Was hat Stankow angeboten im Tausch für das Kind?«

Sie schwieg, die zierliche Gestalt gekrümmt wie unter Schmerzen. Andy klammerte sich an ihre Beine.

»Frau Bönke?«

»Er hat versprochen, sich für den Hermann einzusetzen. Dafür zu sorgen, dass er wieder auf seinen alten Posten kommt. Als Betriebsrat hätte er den nötigen Einfluss.«

»Und falls nicht?«

»Andernfalls …« Ihre Stimme versagte.

»… würde er versuchen, ihn kaltzustellen«, ergänzte ich. »Im wahrsten Sinne des Wortes.« Steckte Stankow hinter dem Tod von Bönke?

»Der Hermann hatte seinen Stolz. Er wollte sich nicht helfen lassen. Schon gar nicht von Stankow. Und er wollte auch keine leichtere Arbeit.« Sie schniefte. »Ich bin stolz, Hoeschianer zu sein«, hat er immer gesagt. »Das ist wie meine Familie.«

»Sie haben ihm von Stankows Angebot erzählt. Deshalb hat er bei der Beerdigung zugeschlagen.«

»Ich hatte keine Geheimnisse vor meinem Mann!«

»Sie haben ihn sehr geliebt.«

»Ja«, sagte sie schlicht. »Ich weiß nicht, wie es weitergehen soll. Ohne ihn.«

Ich schüttelte mich.

»Eine perfide Angelegenheit«, sagte ich leise.
Sie antwortete nicht.
»Ihnen bleiben die Kinder. Hören Sie, Frau Bönke?« Ich berührte ihren Arm. »Die Kinder brauchen Sie. Um ihretwillen sollten Sie Hermann christlich bestatten. Ich würde die Ansprache halten«, fuhr ich mit fester Stimme fort.
Sie ließ es sich nicht nehmen, mich zur Wohnungstür zu bringen. »Danke, Fräulein Gerlach. Vielen Dank für alles.«
Ich sah ihr in die Augen. »Sie werden es schaffen, Frau Bönke!«

Die Nachtluft war herbstlich kühl. Langsam schob ich das Rad an parkenden Autos vorbei und ging die kurze Strecke zu meinem Pfarrhaus. Unterwegs blieb ich stehen. War da nicht etwas gewesen, ein ungewohntes Geräusch? Saß da jemand im Auto und beobachtete mich? Wurde ich verfolgt? Ich spürte ein Kratzen im Hals, Vorbote einer nahenden Erkältung. Oder doch etwas anderes?
Du siehst Gespenster, Martha, wies ich mich selbst zurecht. Und doch verließ mich das Unbehagen nicht. Als ich den Schlüssel im Schloss drehte, war mir beklommen zumute, so wie damals im Winter.

Er kann dich nicht bedrohen. Der Frauenhasser ist weg, nach allem, was er dir angetan hat. Die Bedrohung wird sich verflüchtigen wie Kohlensäure in der Wasserflasche. Dreh den Schalter, dann wird es hell. Geh die Treppe hinauf, einen Fuß vor den anderen, Stufe um Stufe bis zur Wohnungstür. Lass dich nicht aus deinem Haus verjagen von dem Unbestimmbaren, von der wabernden Angst.

Durch das Milchglas sah ich einen Schatten, der sich bewegte. Vorsichtig öffnete ich die Tür. Susis Tatze schob sich durch den Spalt. Beruhigt strich ich dem Tier über den Kopf. Langsam füllte ich den Napf, um den sich sofort die ganze Katzenfamilie sammelte.
Doch die Bedrückung wich nicht, ebenso wenig wie das Gefühl, beobachtet zu werden. Hatte nicht jemand Buch geführt über alles, was ich tat, mich bösartig bespitzelt? Ich fühlte mich,

als ruhten tausend Augen auf mir. Ich würde mich nicht sicher fühlen, bis ich das Rätsel aufgedeckt hatte und wusste, was hinter Freddys Tod steckte. Ich musste den Weg zu Ende gehen, selbst wenn es mich meine Stelle kosten sollte.

ZWANZIG

»Kommen Sie herein, Fräulein Pastor!« Frau Balmke aus der Frauenhilfe feierte ihren Achtzigsten mit fünf Damen aus der Nachbarschaft, die sich Sekt und Schnittchen schmecken ließen. »Auch ein Gläschen, Fräulein Pastor?« Bevor ich antworten konnte, schenkte sie ein. Ich sah auf die Uhr. Kurz nach elf.

Das Glas schäumte über. Flüssigkeit perlte auf die gute Decke mit der Lochstickerei. Geistesgegenwärtig hielt die Gastgeberin das Glas über den Teppich.

Ich war froh, dass es nur halb voll war. Für das, was ich anschließend vorhatte, brauchte ich einen klaren Kopf.

»Da hamse ja mal wieder viel zu tun mitm Beerdigen, was?«, wandte sich eine Frau in mittleren Jahren mit onduliertem Haar an mich.

»Ja, das ist sehr traurig. Bönke hinterlässt zwei Kinder, ein drittes ist unterwegs …«

»Stimmt es, was man hört?« Sie beugte sich vertraulich zu mir herüber. »Dass er nicht an Gott glaubte?«

Ich nippte am Sekt und nickte.

Die Frauen redeten weiter auf mich ein. »Nich wahr, Fräulein Pastor?«

»Wie bitte?« In Gedanken war ich bei dem Plan gewesen, den Luschinski und ich gestern Abend vorbereitet hatten. »Du musst bluffen, Martha!«, so seine Worte. »Tu so, als wär alles klar!«

»Ganz recht«, schob ich hinterher.

Die Ondulierte nickte. »Schön, dass Sie das auch so sehen!«

»Noch 'n Schnittchen?« Das Geburtstagskind hielt mir die Platte unter die Nase. »Mit dem Aufschnitt, dem guten. Stärkense sich, Fräulein Pastor. Sie ham ja auch nich immer Zeit zu kochen.«

»Nein, nicht immer!« Ob die Saat aufgehen würde? Luschinski hatte alles vorbereitet, doch die Situation selbst musste ich allein meistern.

»Das ist die Frage, wenn ich das mal so sagen darf. Nich, Fräulein Pastor?«

»Ganz recht«, bestätigte ich, ein weiteres Mal, ohne zu wissen, worum es ging.

»Mit dem Segen der Kirche, wo er damit doch nix zu tun haben wollte!«

Ich gab auf und erhob mich.

»Die Damen. Ich darf mich dann verabschieden? Ich habe zu tun.«

Skendzik öffnete nach dem zweiten Läuten.

»Martha? Du?«

»Hast du jemand anders erwartet?«

»Nun, eigentlich …« Also hatte Luschinski Wort gehalten und den Kollegen durch ein Telefonat im Haus festgehalten. Skendzik stand in der Wohnungstür, das Ehepaar lebte im ersten Stockwerk eines Mehrfamilienhauses.

»Darf ich hereinkommen?«

»Was gibt es Wichtiges?« Offensichtlich kam ich ungelegen. »Ich erwarte jemanden. Ich habe keine Zeit.«

»Alle Zeit der Welt.« Der, den er erwartete, stand einen halben Treppenabsatz höher, bereit, unauffällig mit hineinzuschlüpfen.

»Es dauert nicht lange.«

»Dann komm!« Er drehte sich um und ging vor ins Wohnzimmer, eine schmale Gestalt in modischen Jeanshosen.

Schnell schob ich einen Zipfel der Fußmatte zwischen den Pfosten und die Tür. Durch den schwach beleuchteten Flur folgte ich dem Kollegen in die gute Stube. Dabei warf ich einen Blick in einen Raum mit Bücherregalen und einem Schlafsofa. War das Skendziks Reich? Luschinski befand sich dicht hinter mir. Ohne dass Ernst ihn wahrgenommen hatte, verbarg er sich hinter der halb offenen Tür zu dem Raum mit dem Sofa.

Das Wohnzimmer war modern eingerichtet mit einer hellen Tapete, flachem Tisch, einem Fernseher und einer Leuchte mit orangefarbenem Schirm. Ein Sofa mit blauem Cordbezug stand unter der Fensterbank. An den Wänden hingen gerahmte Drucke bekannter Künstler.

Unaufgefordert nahm ich Platz. »Ist Helga nicht zu Hause?«

»Sie ist im Kindergarten.« Auch dafür hatte Luschinski gesorgt.

»Heute, am Samstag?«
»Das kommt vor.«
»Dann können wir uns ungestört unterhalten.«
»Ich wüsste nicht …«
»Zum Beispiel über Freddy Stankow und dich. Man hat euch zusammen gesehen. Mehr als einmal.«
Er hüstelte. »Freddy war in meiner Jugendgruppe.«
»Deshalb also hat er dich stets begleitet?«
»Wer sagt das?«
»Ihr seid beobachtet worden. Außerdem gibt es Fotos von euch beiden. Ihr habt euch wohl sehr nahegestanden?« Bluffen, Martha. So tun, als ob.
Er schüttelte den Kopf, dass seine Haare flogen. »Diese Fotos würde ich gerne sehen!«
»Später. Wie weit ging eure Freundschaft?«, bohrte ich nach und bekam eine Idee davon, wie der Kommissar sich fühlen mochte.
Skendzik ließ sich nicht aus der Fassung bringen. »Was heißt Freundschaft? Ich war sein Vorbild. Er ist schließlich vaterlos aufgewachsen.«
»Zu seinem Vater stand er in gutem Kontakt.«
»Erst in letzter Zeit.«
»Was ich nicht verstehe, Ernst: Hast du nicht mehrmals betont, ich würde ihn besser kennen als du?«
»Habe ich das gesagt? Ich bin ein Mann, und du bist eine Frau, das ist ein Unterschied. Sieh mal, Martha …«
Sonnenstrahlen brachen durch die Wolkendecke und trafen die Reproduktion von Monets »Wasserlilien« im Garten Giverny.

Völlig versunken in die Musik. Legt mit träumerischem Blick die Flöte neben sich in das Gras. Graublaue Augen unter dichten Brauen, warm und sanft. Das Grübchen, bezaubernd. Schaut sich um, trifft mit den Blicken wie Amor mit seinem Pfeil, mitten ins Herz. Verheißt … ja, was? Gibt ein Versprechen, das nie eingelöst werden wird. Raum und Zeit lösen sich auf, das Pfarrhaus mit den immer noch schäbigen Böden, gegen die auch die Drucke von Gauguin und Monet an der Wand nichts ausrichten können.
Die Gärten, durchweht vom Abwasserdunst der Köttelbecke zwischen

Sonnenblumen und späten Rosen. Das Werk mit den Maschinen, die Stahl produzieren, aber auch Menschen schlucken und zermalmen.
Alles das lassen die Flötentöne vergessen.
Zarte Gefühle wachsen vor einer gewaltigen Kulisse.

Der Kollege saß immer noch regungslos auf der Couch.

Ich meinte, ein Geräusch im Korridor zu vernehmen, und hoffte, dass Luschinski in Deckung gegangen war.

Langsam erhob ich mich. »Weißt du, was ich glaube, Ernst? Du hast diesen Jungen sehr, sehr gerngehabt. Du hast so viel Zeit wie möglich mit ihm verbracht. Das ist an sich noch kein Problem. Doch wusste er von deiner Veranlagung?«

Ich sah ihm in die Augen.

Er senkte den Blick, dann schaute er zur Seite. »Ich verstehe nicht, was du meinst, Martha.«

»Männer, die den natürlichen Verkehr mit der Frau verlassen haben. Heißt es nicht so bei Paulus?«

»Martha, ich habe zu tun. Bitte geh jetzt.«

Im Flur fiel etwas um, vielleicht der Schirmständer.

»Im Predigerseminar hast du auffälliges Interesse an den Kollegen gezeigt.«

»Es gab keine Frauen dort.«

»Umso erstaunter waren alle, dass du geheiratet hast. Wusste Helga Bescheid?«

»Martha, geh jetzt!«

»Die schönen Bilder.« Ich wies auf die gerahmten Kunstwerke. »Deine sanfte Art, dein Hang zum Ästhetischen.«

»Ich lasse mir nichts andichten. Schon gar nicht in meinem eigenen Haus!« Er hatte sich nun ebenfalls erhoben.

»Dann kam Freddy Stankow. Hübsch, rein, unschuldig, mit seiner großen Musikalität. Das Flötenspiel, seine naive Art, die Welt zu betrachten. Du wolltest nur eines: ihm nahe sein und ihn berühren. Bist ihm zu nahe gekommen. Er ist erschrocken. Wollte weglaufen, doch da mochtest du schon nicht mehr verzichten.«

Skendziks Hände hatten zu zittern begonnen: »Du solltest nicht von dir auf andere schließen, liebe Kollegin«, ätzte er, doch seine Stimme klang dünn.

»Die Sache ist brisant. Freddy war außerdem minderjährig. Also blieb dir nichts anderes, als die Spuren zu beseitigen. Radikal zu beseitigen.«

Skendziks Augen waren aufgerissen. Sein Gesicht hatte alle Farbe verloren.

»Das muss ich mir nicht sagen lassen!«

»Du hast den erstbesten Gegenstand genommen und zugeschlagen. Mit der Flöte? Und dann war es geschehen!«

Er sank auf die Couch.

Ich schielte zur Flurtür, wo Luschinski sich postiert hatte. Die andere Person, vermutlich Helga, war in einem der anderen Zimmer verschwunden. Unauffällig gab ich dem Reporter ein Zeichen, sich zurückzuhalten. Noch brauchte ich ihn nicht.

»Dann musstest du die Leiche beseitigen! Du hast den Verdacht auf mich gelenkt, indem du den Knopf meines Mantels in die Flötentasche gesteckt hast. Ein todsicheres Beweismittel«, schloss ich meine Ausführungen.

Skendzik verbarg das Gesicht in den Händen, vor mir saß ein gebrochener Mann. Von dem charismatischen Kollegen war nicht viel übrig geblieben. »Das stimmt nicht«, stammelte er. »Das stimmt einfach nicht. Ich habe ihn geliebt. Ich hätte ihm nie etwas antun können. Niemals!«

Nun sah ich meine Annahme bestätigt. Skendzik war ein Homo, einer von denen, über die man hinter vorgehaltener Hand sprach. Anrüchig, einer am Rand der Gesellschaft.

Wider Willen überkam mich Erbarmen.

»Ernst!« Ich strich ihm über den Arm. »Das muss schwer für dich sein. Dieser Verlust! Deine Veranlagung!«

Er reagierte nicht.

»Immer, immer musstest du dich verstellen! So wie du darf ein Pfarrer nicht sein.«

Ich nickte dem Reporter zu.

Luschinski trat einen Schritt vor und brachte seine Kamera in Position.

In diesem Moment betrat Skendziks Frau Helga den Raum durch eine Seitentür, die ich bisher nicht bemerkt hatte, weil sie mit Tapete überzogen war.

Hatte sie unser Gespräch belauscht?

»Was ist hier los?«, fragte sie und blickte erst mich, dann Luschinski an. »Was wollt ihr in unserer Wohnung? Was habt ihr mit meinem Mann gemacht? Ernst?« Sie näherte sich dem Zusammengesunkenen.

»Überfallen Sie uns jetzt schon zu Hause?«, fuhr sie den Reporter an. »Haben Sie vor gar nichts mehr Respekt? Raus hier! Los, gehen Sie!«

Achselzuckend wandte Luschinski sich zur Haustür. Ich folgte ihm.

»Einen schönen Tag noch«, wünschte ich, und erst im Nachhinein fiel mir auf, wie sarkastisch das geklungen haben musste.

Luschinski pfiff vor sich hin. »Tatsächlich vom anderen Ufer!«

»Scheint so. Getrennte Schlafzimmer!« Ich seufzte. »Aber das hilft uns nicht weiter. Dass er ihn nicht umgebracht hat, glaube ich ihm. Du nicht?«

»Das heißt zurück auf null?«

»Wahrscheinlich war es doch eine Sache zwischen Bönke und Stankow.«

»Und alles andere ein Zufall. Willst du dem Superintendenten vom Gespräch mit Skendzik berichten?«

»Warum?«

»Dann wärst du den Kameraden los. Diesen warmen Bruder!« Er feixte. »Er hat dir das Leben schwer genug gemacht.«

»Lass mal, er war nicht der Schlechteste. Wer weiß, was danach kommt.«

»Kellmann solltest du in jedem Fall informieren.«

»Pah! Falls er es bis jetzt noch nicht weiß, hat er sein Gehalt nicht verdient.«

Wir hatten Luschinskis Wagen erreicht. Er kramte den Schlüssel aus der Ledertasche und steckte ihn in das Schloss. Nichts passierte, als er ihn umdrehte. Als er den Griff betätigte, öffnete sich jedoch die Tür.

»Nicht abgeschlossen?«

»Und wenn schon. Klaut doch keiner hier.«

»Mein Fahrrad auch nicht. Heute bin ich allerdings zu Fuß.«

»Willst du mitfahren?«

»Danke. Ich laufe lieber.«

»Wie du meinst.« Er zwinkerte. »Jetzt muss ich mich wieder den Geschehnissen der Weltgeschichte zuwenden. Nächsten Sonntag wird gewählt. Der Willy kommt am Freitag nach Dortmund.«

»Willy Brandt?«

»Richtig«, bestätigte der Reporter. »Auf den Neuen Markt.«

Die Schattengestalten regten sich, finstere Wesen, die das Licht scheuten.

»Du hast lange gebraucht«, sagten sie, unkenntlich durch lange Haare und Kapuzen, die die Gesichter verdeckten.

»Ich dachte, du kommst eher. Das ist nicht dein erster Fall. Hast du denn nichts gelernt?«, riefen sie mit Roboterstimmen.

»Habt ihr mich erwartet?«

»Selbstverständlich.«

»Also steckt *ihr* hinter allem.« Die Wesen tanzten miteinander und lachten höhnisch.

Dann flossen sie zusammen zu einer einzigen Gestalt.

»Wer weiß?« Die Antwort klang kühl.

Nun stand eine Frau mit breitkrempigem Hut vor mir. Im Halbdunkel blitzte eine Messerklinge auf. Hämisches Gelächter schraubte sich in unvorstellbare Höhen, warf ein Echo von Wand zu Wand wie in einem Felsenmeer.

Plötzlich erkannte ich sie. »Du bist die Königin der Nacht!«

Wieder ertönte irres Lachen.

Wieder blitzte des Messers Schneide.

Nun sprach eine Kinderstimme einen Abzählreim: »Meine Mutter schnitt frischen Speck, und diesen Finger schnitt sie weg!«

Den Mittelfinger traf es. Sie schnitt ihn ab, und er löste sich kurz hinter dem Gelenk und fiel herunter. Ich wartete darauf, dass Blut floss, doch nichts geschah. Wieder zählte sie den Reim ab. Als Nächstes fiel der Daumen. Dann der kleine Finger und schließlich der Zeigefinger.

Den Ringfinger mit dem Ehering traf es als Letztes.

Glatt durchtrennt und unblutig schlug er auf dem Steinboden

auf. Es gab ein hohles Geräusch. Der Ehering steckte auf einem Stumpen aus nacktem Fleisch.

»Der Hölle Rache kocht in meinem Herzen! Hört, Rachegötter, hört der Mutter Schwur!«

Schweißgebadet wachte ich auf. Langsam tastete ich mich zum Fenster vor. Der Herbstwind heulte in den Bäumen und blähte die Gardinen am offenen Fenster. Ein plötzlicher Regenschauer setzte ein und verscheuchte die nächtlichen Gestalten im Park.

Ich schüttelte den Alptraum ab, doch die Angst, dass der Spuk noch nicht beendet war, verfolgte mich.

Stunden später schlief ich ein.

EINUNDZWANZIG

»Evangelisches Pfarramt, Gerlach!« Das Telefon hatte mich geweckt, und ich war barfuß ins Amtszimmer geeilt.

»Guten Morgen«, sagte eine spröde Frauenstimme.

»Schwester Tabea?«

»Helga ist hier. Mein Mann ist leider erkrankt. Könntest du den Gottesdienst übernehmen?«

»Ich bin nicht vorbereitet«, sagte ich lahm. Die Ziffern der Armbanduhr leuchteten im Halbdunkel und zeigten auf kurz nach sieben Uhr. Vom Fußboden kroch mir die Kälte in die Glieder.

»Ein wenig Zeit ist ja noch.«

»Nicht mehr viel.« Ich bewegte die Zehen.

»Sicher findest du noch eine alte Predigt. Ernst ist auch deinetwegen erkrankt. Euer Gespräch gestern hat ihm sehr zugesetzt.«

»Das tut mir leid.«

Es klickte. Die Leitung war tot.

Not lehrt beten, so schien es an diesem Sonntag ein weiteres Mal. Waren es die traurigen Ereignisse und der Wunsch, mit dem Schrecken nicht allein zu sein, die die Kirche gefüllt hatten? Oder stand dahinter die reine Neugier?

Von der Kanzel aus blickte ich in alte und junge Gesichter, gelangweilte und interessierte. Fein gemachte Kinder saßen neben Müttern mit toupiertem Haar und Großmüttern mit Dauerwelle. »Wer ohne Sünde sei, werfe den ersten Stein!«, zitierte ich die bekannten Worte Jesu. Dabei fiel mein Blick auf Frau Bönke, die in schwarzer Trauerkleidung neben ihrer Mutter saß. Zwischen ihnen zappelte der kleine Andy.

»Niemand kann voraussagen, in welch schuldhafte Verstrickung er geraten wird«, fuhr ich fort und entdeckte zu meinem Erstaunen Frau Stankow in einer der hinteren Bänke. Selbst auf diese Entfernung wirkte sie bleich und übernächtigt.

»Jesus fordert uns auf, andere nicht zu verurteilen, sondern die eigenen Schwächen zu sehen. Dann sind wir bereit zur Versöhnung«, schloss ich die Predigt und merkte, wie sich der Schweiß auf meiner Stirn sammelte. Der fehlende Nachtschlaf machte sich bemerkbar.

Während die Orgel spielte, verabschiedete ich die Besucher am Ausgang. Frau Stankow war eine der ersten, der ich die Hand schüttelte. Sie ging zum Kirchenportal und drehte sich dann noch einmal um.

Ihr Blick fiel auf Frau Bönke, die versuchte, Andy davon abzuhalten, unter die Kirchenbank zu krabbeln. Die Umstehenden hielten den Atem an. Einen weiteren Streit zwischen den verfeindeten Familien wünschte sich niemand in der Gemeinde.

Da geschah das Unerwartete. In Frau Stankows Gesicht löste sich die Starre. Zögernd ging sie auf die schwarz gekleidete Witwe zu, reichte ihr die Hand und murmelte: »Mein Beileid.« Dann beugte sie sich hinunter und strich dem Jungen über das Haar. »Armer Kleiner«, sagte sie.

»Danke«, murmelte Frau Bönke und machte einen Schritt auf die Ältere zu. »Das mit Freddy tut mir auch sehr leid.«

»Es ist alles sehr traurig.«

»Für Sie doch auch.«

Noch einmal nickten sie einander zu, dann verließen sie Seite an Seite das Gotteshaus.

»Ein kleines Wunder«, murmelte ich.

»Da trösten sich die beiden gegenseitig«, sagte Frau Balmke und wischte sich verstohlen über die Augen. »Was haben Sie auch wieder schön gepredigt, Fräulein Pastor.«

»Wirklich rührend«, sagte eine raue Stimme neben mir, die nur dem Reporter gehören konnte. »Wie einst die Capulets und die Montagues bei ›Romeo und Julia‹. Über dem Grab versöhnen sich die Familien!«

»Luschinski! Was machst du denn hier?«

»Ja, das wüsste ich selbst gerne!«, sagte der Reporter frech und wandte sich dem Ausgang zu.

Still war dieser Herbsttag, es herrschte Ruhe nach dem Sturm der Nacht. Gelbe, rote und braune Blätter hatte der Wind in den

Rinnstein gefegt. Ich musste aufpassen, dass der Fahrradreifen auf dem glitschigen Laub nicht ins Rutschen geriet. Am Vormittag war es schwül geworden, die Atmosphäre lud sich auf wie im Sommer vor einem Gewitter.

Fast wie von selbst steuerte mein Rad über die Sternstraße in Richtung Norden, dorthin, wo eine Mauer den Abhang zum Bahndamm begrenzte.

Auf der anderen Seite der Schienen, jenseits der Rheinischen Straße, erstreckte sich die Stahlhütte. Das Rauschen des Werks schallte herüber, und die Schlote stießen Rauch aus, werktags wie sonntags. Das Feuer erlosch nicht. Die Maschinen standen niemals still.

Eine Weile blieb ich stehen und ließ das Bild auf mich wirken.

Dann drehte ich mich um und überquerte die ruhige Seitenstraße.

Kurz darauf fand ich mich vor dem Haus der Skendziks wieder, einem typischen Nachkriegsbau inmitten graubrauner Siedlungshäuser.

Durch die Toreinfahrt blickte ich in Hinterhöfe; in einer der Baracken befand sich die Dachdeckerwerkstatt von Presbyter Rabenau. Kinder spielten im Hof Verstecken. Eine Frauenstimme rief aus dem Fenster: »Macht euch nicht dreckig!« und: »Essen ist fertig!«

Ehe ich michs versah, hatte ich schon die Klingel mit der Aufschrift »Skendzik« gedrückt. Wie am Vortag stieg ich die Treppe hinauf, doch dieses Mal war ich allein.

Helga erwartete mich in der Korridortür.

»Guten Tag«, grüßte ich.

»Du schon wieder«, sagte sie, offensichtlich nicht erfreut.

»Ich mache mir Sorgen um Ernst. Wie geht es ihm?«

»Nicht gut.« Ihre Stimme klang müde wie nach einer schlaflosen Nacht.

»Kann ich ihn sprechen?«

»Es ist gerade schlecht. Er schläft.«

»Kannst du ihm gute Besserung wünschen?«

»Ich richte es aus.«

Sie wollte die Tür wieder schließen.

Von einem Impuls getrieben, stellte ich den Fuß dazwischen. »Einen Moment. Ich möchte ihm etwas aufschreiben!«

Sie zögerte.

»Es ist wichtig.«

»Meinetwegen. Komm herein.«

Sie führte mich in das Wohnzimmer, vorbei an dem Raum mit der Schlafcouch, in dem ich meinen Kollegen vermutete.

»Kann ich dir etwas anbieten?«

»Einen Kaffee, bitte!«

Sie verschwand durch die tapezierte Seitentür, und ich hörte sie mit dem Geschirr klappern.

Leise huschte ich hinaus und klopfte an die Tür von Skendziks Zimmer.

»Ernst?« Ich lauschte. Als keine Reaktion erfolgte, drückte ich die Klinke herunter und betrat den Raum, der im Halbdunkel lag. Die Fensterläden waren zugeklappt.

Bleich, die Hände über der Bettdecke zusammengelegt, lag mein Kollege auf der Couch.

»Ernst!«, rief ich voller Angst. »Ernst! Ernst, kannst du mich hören?« Der Angesprochene regte sich nicht. Ich setzte einen weiteren Schritt in den Raum hinein. Zwei Armlängen trennten mich noch von dem Liegenden.

Hinter mir bewegte sich jemand. Ich drehte mich um und fand mich Auge in Auge mit Helga.

»Ruf sofort den Notarzt«, ordnete ich an.

»Das wird nicht nötig sein«, sagte sie tonlos.

»Siehst du nicht, wie schlecht es ihm geht?« Ich wollte weiter hineingehen, doch Helga hielt mich zurück.

»Lass mich!«, sagte ich scharf.

In ihrem Blick flackerte es. Plötzlich fiel bei mir der Groschen. Helga war die Frau in Freddys Tagebuch, die Frau mit dem Pfeil durch die Brust. Die Brünette, die mir so ähnlich sah. Die unbekannte Größe in dem Geheimnis um Freddys Tod.

»Lass mich sofort los!«

Sie versetzte mir einen heftigen Stoß. Ich stolperte und fing den Sturz ab, indem ich mich auf dem Bett aufstützte.

Ernst röchelte.

Bevor ich mich aufrappeln konnte, hörte ich, wie sich der Schlüssel von außen drehte.

Ich hämmerte mit den Fäusten gegen die Tür. »Mach auf! Mach sofort auf!«

Irres Lachen erklang, ähnlich dem in meinem Alptraum.

Die Schritte entfernten sich.

»Ernst?« Nun lag er wieder regungslos. Vorsichtig hob ich seine Hand. Sie war kühl, der Puls schwach, aber noch vorhanden.

»Helga! Dein Mann braucht Hilfe!«, rief ich laut. »Helga, mach auf!«

Ich lief zum Fenster und stieß die Läden auf. Trübes Herbstlicht fiel in den Raum.

Der Hof war menschenleer, die Kinder verschwunden.

»Hilfe! Hilfe!«, schrie ich. »Ich bin eingesperrt! Polizei!«

Zum Springen war es zu hoch, und die Regenrinne verlief mehr als einen Meter entfernt. Mein enger Kostümrock und die halbhohen Schuhe würden die Flucht zusätzlich erschweren.

»Hilfe! Ich kann nicht raus!«

Mittlerweile schüttete es wie aus Kübeln. In der Ferne grollte Donner.

Ernst rang nach Luft.

»Feuer!«, schrie ich noch lauter. »Feuer, Feuer!«

»Mach nicht so einen Radau!«, herrschte Helga mich an. Plötzlich stand sie wieder im Zimmer. Sie hielt mir ein Glas mit trüber Flüssigkeit entgegen.

»Hier! Trinken!«

Enthielt das Glas Alkohol oder Medizin?

Ich wollte sie beiseiteschieben, doch sie stand fest wie eine Mauer. »Daraus wird nichts!« Wie der Engel mit dem Flammenschwert verstellte sie die Tür.

»Trink das!«

Ich schüttelte den Kopf.

»Los jetzt!« Sie schaute zu Ernst hinüber.

Ich nutzte den Moment der Unaufmerksamkeit, rempelte sie an und stieß sie weg. Auf dem letzten Meter vor der Tür zum Treppenhaus holte sie mich ein und umklammerte mich von hinten. Das Glas fiel zu Boden. Beide Arme um meinen Leib geschlungen, kickte sie mir gegen die Wade und dann in die Kniekehle, ein zweites und ein drittes Mal. Ich knickte um und verlor das Gleichgewicht. Ein weiterer Tritt, und ich lag am Boden.

Verbissen rangen wir miteinander. Wir waren gleich groß, doch sie war stärker. Sie setzte sich auf meinen Brustkorb.

»Hilfe!«, röchelte ich. »Hilfe!«

»Ruhe!«

Sie legte die Hände um meine Kehle.

»Keine Bewegung!«

Leicht, fast spielerisch, drückte sie zu. Ich keuchte. Sie lockerte den Griff.

Ich schnappte nach Luft.

»Helga, bitte!«, flehte ich.

»Helga, bitte!«, äffte sie mich nach. »Nix bitte!«

Ich schloss die Augen und konzentrierte mich auf meinen Atem.

Ich bin nicht hier. Das passiert nicht. Ich bin weit weg. Im Wald, Ruhe und Grün umgeben mich. Ich schalte mich aus, so wie damals, als der Wahnsinnige von meinem Körper Besitz ergriff. Meine Seele zerstörte er nicht. Meine Seele zerstört niemand.

Mich gibt es nicht in diesem Raum. Ich bin unsichtbar. Ich fühle nichts.

Nicht aufgeben.

Du schaffst es. Schinde Zeit. Rede, wenn nichts mehr hilft. Rede um dein Leben. Du schaffst es.

Helga drückte meine Oberarme auf den Boden. Mittlerweile saß sie auf meinem Bauch.

»Dieses Mal kommst du nicht davon«, presste ich hervor. »Sie wissen Bescheid.«

»Na und?« Das klang nicht mehr ganz so selbstsicher.

»Sie kommen gleich.«

Mit der Rechten drückte sie erneut auf meine Kehle und lachte freudlos. »Glaub ich nicht.«

Ich keuchte. Sie drückte fester zu, ließ abrupt wieder los. Das Gleiche wie zuvor, wie eine Katze, die mit der Maus spielt.

»Freddy? Was war mit Freddy?«, fragte ich, als ich wieder Luft bekam.

»Freddy! Immer Freddy! Was habt ihr nur mit ihm! Mein Mann war verrückt nach ihm! Alle!« Sie stützte die Hände auf meine Oberarme und drückte mit ihrem gesamten Gewicht darauf.

»Aua!«

»Aua! Aua!«, ahmte sie mich nach. »Spar dir's auf für später! Tut gleich noch mehr weh!«

»Du hast ihn umgebracht!«

»War keine Absicht. Ist passiert.« Das hatte ich schon einmal gehört; vor Ewigkeiten oder auch nur wenigen Wochen hatte der Lokführer das gesagt, nachdem er Freddy überfahren hatte.

Auch er war nun tot.

»Du und Freddy?«

»Ich? Und Freddy? Ein dummer Junge. Ich wollte ihn weglocken. Von Ernst.«

Weiter. Reden. Gegen die Angst. Nicht aufgeben. Gleich kommt Hilfe. Glaube. Dein Glaube hat dir geholfen.

In der Ferne ein Martinshorn. Kommt die Sirene näher? Hoffentlich kommen sie bald.

Im Treppenhaus waren Stimmen zu hören. Meine Widersacherin war für einen kurzen Moment abgelenkt. Ruckartig versuchte ich, die Arme zu heben, doch sie war schneller. »Nichts da!« Sie drückte mich wieder zu Boden.

»Ernst liebt dich nicht. Er benutzt dich nur«, keuchte ich.

»Ernst! Ernst ist 'ne Niete. Den brauche ich nicht mehr, der kann weg! Was weißt du schon.« Immer noch hielt sie meine Hände auf dem Boden fixiert.

Mit einem Mal war die Wut größer als die Angst. »Eine Scheinehe führst du. Soll nur keiner merken, dass er ein Homo ist. So verlogen ist das, so heuchlerisch. Hat er es dir wenigstens vorher gesagt? Oder erst in der Hochzeitsnacht?«

Sie boxte mich auf die Nase. »Ruhe, du Ungeheuer! Sei still!« Mittlerweile saß sie auf meinem Unterleib. Ich pumpte Luft in meine Lungen. »Ahhhhh!«, schrie ich, so laut ich konnte. Hörte mich niemand?

»Still!« Sie zog meinen Kopf an den Haaren hoch und ließ ihn wieder fallen.

Stechender Schmerz durchzuckte mich, als sie mit voller Wucht den Ellbogen auf das Nasenbein hieb.

Flüssigkeit lief mir übers Gesicht. Ich schmeckte Blut.

»Sie kommen!«, flüsterte ich.

Es klingelte. Helga erstarrte.

»Ahhhhh!« Noch ein Schrei aus meiner Kehle.

Sie hielt mir den Mund zu. Ich bekam kaum noch Luft, hörte Lärm im Treppenhaus, Krachen und Splittern. Plötzlich war alles voller Menschen. Beamte in Uniform zogen Helga von mir weg. Handschellen klickten. »Sie sind verhaftet!«

Sanitäter folgten. Einer beugte sich zu mir herunter. »Wie geht es Ihnen?«

Ich schnaubte, den Mund voller Blut.

»Ins Krankenhaus mit ihr!« Zu zweit hoben sie mich hoch.

»Ernst!«, stieß ich hervor und wies auf die Tür. Einer der Polizisten schob sie auf und schaute nach.

»Ach du dickes Ei! Nehmt den zuerst mit! Lebt der überhaupt noch?«

Die Sanitäter trugen den Pfarrer zur Wohnungstür hinaus. Kurz darauf hörte ich wieder die Sirenen. Zum Glück war das Krankenhaus nicht weit entfernt. Ob er es schaffen würde?

Mir war schwindelig. Schritt für Schritt schob ich mich vor in das Wohnzimmer, immer an der Wand entlang, und ließ mich auf das blaue Cordsofa fallen.

Ich tastete meine Verletzungen ab, Abschürfungen und Blutergüsse. Es brannte und schmerzte. »Nichts Gefährliches«, versuchte ich mir einzureden. Die Augen fielen mir zu.

»Martha! Was machst du für Sachen!«

Im Türrahmen stand eine vertraute Gestalt. »Luschinski?«

»Nein, das ist nur mein Geist!«

»Wirklich witzig«, sagte ich mühsam.

»Komm, ich fahre dich nach Hause. Oder besser ins Krankenhaus?«

»Nach Hause. Wo kommst du jetzt her?« Das Sprechen fiel mir schwer, weil die Lippen angeschwollen waren.

Er schüttelte den Kopf. »Warum, Martha? Warum dieser Alleingang? Kopflos und gefährlich. Hättest du vorher was gesagt, ich hätte Posten beziehen können. Wie gestern auch.«

»Hab nicht nachgedacht.«

»Immer muss ich dich retten!«

»Danke!«, sagte ich schwach.

Ich roch Rauch und hustete. »Herr Kellmann?«

Der Kommissar betrat den Raum. »Das Fräulein Gerlach! Sie wirken ein wenig lädiert!«

Vorsichtig zog ich den Ärmel meiner beschmutzten Bluse hoch. Auf dem Oberarm zeigte sich ein Bluterguss.

»Wären Sie eher gekommen, Herr Kommissar!«

»Leider wusste ich nichts von Ihrer erneuten Eigenwilligkeit. Ich hätte es andernfalls unterbunden. Die Skendziks stehen schon länger unter Beobachtung. Wir hatten sie in Verdacht.«

»Und ich dachte schon, Sie tun nichts für unsere Steuergelder.«

»Sieh an, sieh an. Das Fräulein Gerlach riskiert schon wieder eine dicke Lippe!«

Erstaunt sah ich ihn an. Seit wann bewies der bärbeißige Kommissar Sinn für Humor?

Er drückte die Zigarette an einer Blumenvase aus und ließ den Stummel hineinfallen.

»Zwei Fragen, dann sind Sie entlassen.«

Ich nickte schwach.

»Hat Frau Skendzik ein Geständnis abgelegt?«

Ich ließ meine Gedanken zurückwandern zu der schrecklichen Szene. Luschinski tätschelte meinen Arm. »Martha, wenn es dir zu viel wird …«

»Nein, lass! Indirekt. Als ich sie auf Freddys Tod ansprach, hat sie gesagt: ›Ist passiert!‹« Ich hob die Schultern. »Aua!« Der Nacken schmerzte. »Sie war wohl eifersüchtig. Ihr Mann mochte Freddy.«

»Weil er ein Homo war?«

»Wahrscheinlich. Ist das immer noch verboten?«

»Nur anschauen, nicht anfassen …«, brummte Kellmann. »Der Gesetzgeber ahndet sexuelle Kontakte zwischen erwachsenen Personen in der Regel nicht mehr. Einem Erwachsenen, der Verkehr mit einem Minderjährigen unterhält, wird jedoch die volle Härte des Gesetzes zuteil«, dozierte er. Also hatte Rosi recht gehabt.

Mir wurde schwindelig, und ich ließ mich tiefer in die Couch sinken.

»Genug für heute!«, entschied Luschinski. »Ich bringe Fräulein Gerlach jetzt nach Hause!«

»Halten Sie sich morgen zu unserer Verfügung«, bellte der Kommissar mir hinterher.

»So kennen und so lieben wir ihn«, murmelte ich, als ich am Arm des Reporters mühsam Schritt für Schritt die Treppe hinabstieg.

»Wie geht's uns denn?« Schwester Tabea zog mir das Fieberthermometer aus der Achselhöhle und warf einen prüfenden Blick darauf. »Temperatur leicht erhöht«, stellte sie fest.

Ich nickte matt.

»Tee, Fräulein Gerlach?«

»Ja, bitte.«

»Wo bewahren Sie ihn auf?«

»Im Küchenschrank rechts oben. Pfefferminz, bitte!«

Während sie nebenan hantierte, tastete ich nach dem Pflaster auf der Stirn und den kalten Umschlägen um den Oberarm und im Nacken. Mit geübtem Griff hatte mir die Diakonisse das Nachthemd übergezogen und die Wunden verarztet.

Im Schlafzimmer war es dämmerig.

Der Pfeifton des Kessels riss mich aus dem Halbschlaf.

Kurz darauf erschien Schwester Tabea und flößte mir Tee ein. »Gut so? Oder noch zu heiß?«

Schluck für Schluck trank ich die Flüssigkeit.

»Wer hätte das gedacht?«, sagte ich, nachdem ich die Tasse geleert hatte. »Das mit Helga.«

»Ich habe versucht, Sie zu warnen!« Nun kam wieder die spröde Diakonisse zum Vorschein.

»Vor Ernst. Aber vor Helga?«

»Ich wusste nichts Genaues. Nur, dass sie Judo trainiert.«

Das erklärte ihre Kraft und ihre Ausdauer.

»Und dass sie mir nachspioniert? Dabei habe ich Sie im Verdacht gehabt!«

»So kann man sich täuschen«, sagte sie und lächelte leicht.

»Ich dachte immer, Sie können mich nicht leiden.« Sie ging darauf nicht ein, sondern brachte die Tasse in die Küche.

Als sie zurückkehrte, half sie mir, das Kissen in den Rücken zu stopfen und mich aufzurichten. »Besser so?«

Ich nickte. »Ich weiß wenig von Ihnen«, bekannte ich. »Wo kommen Sie eigentlich her?«

»Aus dem Osten, der sogenannten DDR«, antwortete sie. »Kurz vor dem Mauerbau bin ich noch rüber. Meine Familie ist dortgeblieben. Mittlerweile sind meine Eltern verstorben, und meine beiden Schwestern haben geheiratet. Die eine lebt bei Magdeburg, die andere in Haldensleben. Ich besuche sie manchmal. Herüberkommen in die BRD können sie ja nicht.«

»Dann sind Sie ganz allein?«

Ihr Mund verzog sich. »Ich habe die Gemeinschaft. Wir Diakonissen halten zusammen.«

»Das ist gut.« Meine Lider wurden schwer.

Betont sachlich fügte sie hinzu: »Ich lasse Ihnen eine Schlaftablette da. Morgen komme ich wieder.«

»Ich glaube, ich muss mich bei Ihnen entschuldigen, Schwester Tabea.«

»Das brauchen Sie nicht.« Ganz leicht hob sie die dunklen Augenbrauen. »Es ist schon gut. Einen Moment bleibe ich noch bei Ihnen. Bis Sie eingeschlafen sind.«

Da fielen mir die Augen zu.

Wieder träumte ich. Ein letztes Mal im Leben begegnete mir Freddy mit der Flöte in der Hand. Er spielte um sein Leben, doch er konnte nicht verhindern, dass er immer blasser wurde und schließlich verblich, sich im Nichts auflöste. Der Himmel wurde düster. Es begann zu regnen, dann zu hageln. Danach fielen Ziegelsteine vom Himmel. Ich schrie und wollte weglaufen, doch meine Füße waren wie angewurzelt.

»Warum weinst du?«

Ich schreckte auf. »Rosi? Du bist hier?«

»Pscht! Schlaf weiter!« Sie strich mir über das Haar. »Wie geht es dir?«

Ich setzte mich auf. »Weiß nicht. Tut alles weh.«

»So schlimm? Wie beim letzten Mal?« Damals war ich auf die Intensivstation eingeliefert worden, schwer verletzt an Leib und Seele.

»Gott sei Dank nicht. Wie bist du überhaupt hereingekommen?«

»Luschinski rief an. Schwester Tabea hat aufgeschlossen.«

Wieder liefen mir Tränen über das Gesicht. »Was haben wir dem Jungen nur angetan?«, sagte ich mit erstickter Stimme.

»Nicht aufregen, Martha!«

»Er war noch so jung. So unschuldig. Und alle haben an ihm gezerrt. Wir haben ihn zum Spielball gemacht!«

Ich musste es mir von der Seele reden, und Rosi war klug genug, mich nicht zu unterbrechen. »Ernst war an ihm dran. Ob Freddy überhaupt verstanden hat, was er von ihm wollte? Und Helga war eifersüchtig. Alle haben ihn bedrängt. Auch vor mir ist er weggelaufen, an dem letzten Abend, als er Flöte gespielt hat. Und dann? Hat Helga ihm aufgelauert und ihn verfolgt. Aber warum …?«

»Pscht, ruhig! Ist ja gut, Martha!«, versuchte Rosi mich zu beschwichtigen.

Doch ich war in Fahrt gekommen: »Hat sie die Flöte genommen und zugeschlagen? Wahrscheinlich hat sie ihn gehasst. Und er ist vor mir geflüchtet. Ich habe ihn vertrieben, anstatt ihn zu beschützen. Wenn das nicht geschehen wäre … wenn ich ihn nicht angerührt hätte … vielleicht würde er noch leben.«

Ich zog die Nase hoch. Rosi reichte mir ein kariertes Taschentuch.

»Mach dir nicht solche Vorwürfe, Martha! Er war ein Junge, kein erwachsener Mann. Er hat Halt gesucht, zuerst bei dir, dann bei deinem Kollegen.«

»Eben! Wir haben ihm keinen Halt gegeben. Eigennützig war ich, verblendet.«

»Martha, das kann man nicht mehr ändern. Du bist durcheinander, kein Wunder.«

Ich schluchzte. Sie reichte mir ein Glas mit Medizin. »Trink das. Es wird dir guttun.«

Dann legte sie den Arm um mich und wiegte mich wie ein kleines Kind.

»Und nun schlaf.«

ZWEIUNDZWANZIG

Am Montagmorgen gaben sich die Besucher die Klinke in die Hand. Als Erstes empfing ich den Kommissar, der mir sofort die Luft im Amtszimmer vernebelte.

Da ich keine Schreibmaschine besaß, protokollierte er mit der Hand.

»Mhm, mhm«, grummelte er und blätterte mit angefeuchtetem Zeigefinger in den Unterlagen. »Es ergeben sich Widersprüche bezüglich des Verlaufs in dem fraglichen Zeitabschnitt. Die Eheleute Skendzik gaben am 5. September zu Protokoll, Ernst Skendzik habe am 3. September bis neunzehn Uhr fünfundvierzig den Helferkreis geleitet. Danach sei er nach Hause gegangen, wo seine Frau auf ihn gewartet habe. Nach der Tagesschau nahmen sie das Abendessen ein. Anschließend schauten sie den Spielfilm. Gegen zweiundzwanzig Uhr seien sie zu Bett gegangen, ohne das Haus noch einmal verlassen zu haben«, leierte er herunter.

»Also haben sie sich gegenseitig ein Alibi gegeben?«

Der Aschekegel an Kellmanns Zigarette wurde lang und länger. Ich ging in die Küche, um eine Untertasse zu holen.

»Ein Kaffee wäre gut!«, rief der Kommissar mir hinterher.

Also setzte ich den Wasserkessel auf die Herdplatte und trug anschließend den improvisierten Aschenbecher in das Amtszimmer. Es war höchste Zeit. Die Topfpflanze hatte schon ihren Teil abbekommen.

»Herr Kellmann, warum sind Sie gestern in die Wohnung des Kollegen gekommen? Hatte der Reporter Sie angerufen?«

»Hat sich Sorgen gemacht! Zu Recht!« Kellmann hustete. »Hatten die Skendziks auch schon im Verdacht. Die Nachbarin meinte, sie hätte abends das Auto wegfahren sehen.«

»Und dann hat Herr Luschinski Sie angerufen. Den Rest haben Sie sich zusammengereimt?«

»Meinte, Sie wären nicht erreichbar. Sie neigen ja nun einmal zu unüberlegtem Handeln.«

Ich ging darauf nicht ein. »Gibt es ein Geständnis?«

Kellmann hustete. »Ich war noch nicht fertig vorhin. Sie haben mich unterbrochen.« Bevor er fortfahren konnte, fing der Kessel an zu pfeifen.

Als ich mich erhob, ergriff mich ein Schwindelgefühl, Nachwirkungen des Angriffs am Vortag. Während ich in der Küche langsam das Kaffeepulver in die Filtertüte füllte, hörte ich den Kommissar im Amtszimmer telefonieren. »Ohne mich zu fragen!«, schimpfte ich halblaut. Den kleinen Tisch, auf dem ich das Tablett mit den Tassen abstellen wollte, hatte Kellmann mit seiner Aktentasche belegt.

»Fühlen Sie sich ganz wie zu Hause«, sagte ich giftig. Ich platzierte das Kaffeegeschirr auf dem Schreibtisch und wollte gerade ausschenken, als es klingelte.

»Wer ist da?«, rief ich aus alter Gewohnheit aus dem Toilettenfenster hinaus.

»Van Diecken!«

Kurz darauf betrat der Superintendent die Wohnung.

»Schwester Gerlach! Wie geht es Ihnen?« Er schüttelte meine Hand, und wieder einmal schämte ich mich für den gammeligen Flur, in dem zu allem Überfluss die Katzen die Tapeten zerfetzt hatten.

»Den Umständen entsprechend«, sagte ich schwach.

»Ich habe mir Sorgen um Sie gemacht! Sie haben eine schwere Zeit hinter sich.«

»Das kann man wohl laut sagen.«

Ich bat ihn in das Amtszimmer. »Auch einen Kaffee, Herr Superintendent?«

»Nein, danke, vertrage ich nicht. Mein Magen.«

»Die Herren kennen sich?«, wollte ich wissen.

»Selbstverständlich.«

Der Kommissar richtete das Wort an meinen Vorgesetzten. »Gut, dass Sie anwesend sind, Herr Superintendent. Die leidige Angelegenheit betrifft auch den Herrn Pfarrer.«

»Leider.«

Kellmann legte den Glimmstängel auf der Untertasse ab. Mit beiden Händen entfaltete er ein mit Maschine beschriebenes Blatt. »Es handelt sich um Skendziks Abschiedsbrief.«

Ich erschrak. »Ist er denn …?«

»Er lebt noch. Haben ihm den Magen ausgepumpt. Hatte eine Überdosis Barbiturate intus.«

»Schlafmittel? Wollte er Selbstmord begehen?«

Der Superintendent griff nach dem Papier. »Sie erlauben?«

Er zog eine Lesebrille aus seiner Tasche, setzte sie auf und überflog den Text. »Bruder Skendzik schreibt, dass er schuld ist am Tod des Jungen und ihn im Affekt erschlagen hat, weil er ihn nicht erhören wollte.« Er ließ das Blatt sinken. »Das sind sehr schlechte Nachrichten, Herr Kommissar! Er ist also ein Homosexueller und zudem verantwortlich für den Tod des jungen Stankow? Werden Sie ihn festnehmen, sobald er aus dem Krankenhaus entlassen wird?

»Helga hat zugegeben, dass sie es war«, wandte ich ein. »Das finde ich sehr verwirrend.«

Der Kommissar hustete. »Was genau hat sie gesagt? Welcher Wortlaut?« Wie immer, wenn er sich konzentrierte, sprach er abgehackt.

»Ich habe ihr auf den Kopf zugesagt, dass sie Freddy umgebracht hat. Sie hat geantwortet: ›Ist passiert.‹«

Kellmann winkte ab. »Das sagt alles und nichts.« Er blätterte wieder in den Unterlagen. »Gab zu Protokoll, der Mann war es. Halblaut las er vor: »Getrennte Schlafzimmer, nachts aufgewacht, Zimmertür offen, Bett unbenutzt.«

Der Superintendent schaltete sich ein: »Was sagt Skendzik dazu?«

»Noch nicht vernehmungsfähig«, brummelte der Kommissar.

»Ist Frau Skendzik wieder zu Hause?«, wollte ich wissen.

»Noch in Polizeigewahrsam.« Er zog an seinem Glimmstängel. »Was hat sie gesagt?«, bellte er dann plötzlich.

»Frau Skendzik?«

»Wer sonst!«

Ich schloss die Augen und konzentrierte mich. »Über Freddy: Mein Mann war verrückt nach ihm. Ich wollte ihn weglocken.«

»Von wem?«

»Von Ernst, ich meine, Herrn Skendzik, vermute ich.«

»Vermuten Sie?« Er drückte die Zigarette aus, die fünfte, seit er hier saß.

»Könnte nicht ein Zusammenhang mit Freddys Tagebuch bestehen? Helga sieht der Dame aus der Illustrierten ähnlich, finde ich.«

Kellmann schrieb mit, soweit seine Raucherei es zuließ. Der Superintendent besah derweil meine Bücherwand.

»Sonst noch was?«

»Wie ist Freddy überhaupt auf das Werksgelände gekommen?«

»Wir überprüfen noch.«

»Und wie passt das hier«, ich wies auf meine Wunden und den Bluterguss am Auge, »zu Helgas Aussage, ihr Mann sei schuld gewesen? Warum hat sie mich dann geschlagen?«

»Wir überprüfen!«, wiederholte der Kommissar.

»Vielleicht hat mein Kollege mit dieser Geschichte nichts zu tun. Für mich sieht es eher aus, als sei Helga die treibende Kraft gewesen.«

Der Superintendent mischte sich ein: »Gleichviel, Schwester Gerlach. Skendzik wird nicht mehr in die Gemeinde zurückkehren.«

»Weil er homosexuell ist?«

Van Diecken beantwortete die Frage nicht, doch sein Gesichtsausdruck sprach Bände.

»Und was passiert nun in der Gemeinde?«, fragte ich bang. »Für mich allein ist es zu viel Arbeit!«

»Lassen Sie uns das im Anschluss besprechen.«

Der Kommissar erhob sich und griff nach seiner Aktentasche.

In diesem Moment schellte es erneut.

Kurz darauf betrat der Reporter den Raum.

»Guten Morgen, Martha!« Er zwinkerte mir zu. »Wie geht es meiner Lieblingspastorin?«

Ich räusperte mich und trat ihm warnend auf die Zehen.

»Aua! Pass doch auf!«, sagte er fröhlich.

Der Superintendent schaute interessiert. »Ist das ein Freund von Ihnen, Schwester Gerlach?«

»Darf ich vorstellen? Herr Superintendent van Diecken. Der Herr Luschinski ist Reporter bei der RuhrRundschau. Gelegentlich arbeiten wir zusammen.«

»Ich hörte davon!« Schwang da eine Spur von Missbilligung mit?

»Hast du auch ein Käffchen für mich, Martha?«, fragte Luschinski gut gelaunt, während der Kommissar seine Unterlagen zusammenpackte.

»Einen Moment noch!«, bellte er. »Besagter Abschiedsbrief wurde auf der Schreibmaschine in Ihrer Gemeinde geschrieben!«

»Welcher Abschiedsbrief?« Luschinskis Reporterohren stellten sich auf Empfang.

»Das geht Sie gar nichts an.«

Der Kommissar stapfte zur Tür und nickte uns kurz zu. Er hinterließ einen glimmenden Stummel in der Untertasse.

Der Superintendent räusperte sich. »Ich darf Sie kurz unter vier Augen sprechen, Schwester Gerlach?«

Luschinski verließ den Raum.

»Gibt es jemand, mit dem Sie gerne in der Gemeinde zusammenarbeiten würden, Schwester Gerlach? Vorübergehend, versteht sich.«

Ich überlegte und ging in Gedanken die Liste meiner Kollegen durch, die meisten von ihnen waren älter als ich und konservativ. Ein jüngerer Pfarrer, dem man Ehrgeiz nachsagte, entsprach meiner Vorstellung ebenso wenig.

»Einen wüsste ich«, schlug ich vor. »Eine: meine Amtsschwester Rosi Brennmeyer.«

Der Superintendent legte die Hände zusammen. »Das geht leider nicht, Schwester Gerlach. In einer Gemeinde können nicht zwei Frauen arbeiten und kein Pfarrer.«

DREIUNDZWANZIG

»Bei uns inne Siedlung is immer was los, was, Fräulein Pastor?«

»Manchmal wäre weniger mehr!«

»Wer hätte das gedacht! Der Pastor war's. Der soll doch der Jugend ein Vorbild sein. Und dann so was!« Sie stemmte die Hände in die Hüften. »Und auch noch so 'n Netter. Aber da sieht man mal wieder: Man schaut den Leuten nur bis vorn Kopp!«

Die Trinker standen vor der Bude und ließen die Bügelverschlüsse klacken, als wäre nichts geschehen.

»Wer isset denn nu gewesen, der Pastor oder seine Frau?«

»Ach, Trudi. Wahrscheinlich beide.«

Sie nickte wissend. »Is passiert. Aba die Frau hamse eingefahren, was?«

»Und der Mann liegt im Krankenhaus. Wäre beinahe gestorben.«

»Stimmt es, was man so hört?« Sie senkte die Stimme, doch ihr Flüstern war bis in den hintersten Winkel des Ladenraums zu verstehen. »Dass er andersrum ist?«

»Ach, Trudi.«

»Schlimm, schlimm, auch für Sie vonne Kirche. Und alles bei uns inne Siedlung.«

Ich entfernte eine Fluse von meinem Mantel und nickte.

»'n Schnäpsken auf den Schreck?«, bot die Trinkhalleninhaberin an.

Ich schüttelte den Kopf. »Lieber einen Mohrenkopf. Schokolade tröstet auch.« Sie reichte mir das Gewünschte, und ich kramte nach einem Groschen.

»Lassense man stecken, Fräulein Pastor.«

»Danke. Ich muss noch einen Krankenbesuch machen«, sagte ich, bereits im Weggehen.

»Ernst? Bist du wach?«

Vorsichtig näherte ich mich dem Krankenhausbett. Mein Kollege öffnete die Augen, seufzte und ließ die Lider wieder zuklappen.

Ich zog einen Stuhl heran und setzte mich. Im Bett nebenan lag ein uralter Mann und schnarchte.

»Ernst? Wie geht es dir?«

»Alles im Eimer«, sagte er bitter. »Pastor werde ich nicht mehr sein können. Und Helga … sie hat mich nicht mal besucht.«

»Ernst? Ich glaube, sie konnte nicht kommen. Hat man es dir nicht gesagt? Die Polizei hat sie festgenommen.«

»Ach ja.« Er fasste sich an den Kopf. »Mir ist schlecht.«

»War es nicht sowieso eine Scheinehe?«

»Der Vater war Pastor, und sie wollte auch einen«, sagte er langsam. »Wir kannten uns von klein auf. Darum haben wir geheiratet. Ich war ehrlich. Habe gesagt, dass ich sie nicht liebe.« Seine Stimme war etwas lauter geworden. Der Alte grunzte, wälzte sich auf die andere Seite und schnarchte weiter.

»Hat sie vor der Hochzeit gewusst, was mit dir los ist?«

»Ich hatte keine Wahl.«

»Du brauchtest die Ehe als Tarnung«, stellte ich fest. »Sag, was war zwischen dir und Freddy?«

»Nichts. Nicht einmal das.« Er stöhnte. »Hätten sie mich sterben lassen.«

»Warum steht in deinem Abschiedsbrief, dass du schuld bist an Freddys Tod?«

Er reagierte nicht. Ich rüttelte an seiner Schulter.

»Der Abschiedsbrief«, sagte ich laut und deutlich.

Er schreckte aus dem Halbschlaf auf. »Was? Ein Brief?« Sein bleiches Gesicht färbte sich rosig. Strähnig lag das lange Haar auf dem Kissen. »Nicht von mir!«

»Ernst, warum hast du das getan? Die Tabletten genommen?«

»Helga hat welche besorgt. Wir wollten nicht mehr leben. Alle beide nicht.«

Ich schüttelte den Kopf. »Da hat sie dir nicht die Wahrheit gesagt. Sie selbst hat jedenfalls keine Tabletten geschluckt. Und dann hat sie diesen Brief geschrieben.« Ich überlegte, wann sie das Gemeindebüro aufgesucht und das Schriftstück verfasst hatte. Am Sonntagmorgen während des Gottesdienstes? Oder nachdem sie mich am frühen Morgen angerufen hatte? Vielleicht auch schon am Samstag. »Einen Abschiedsbrief, der dich belastet.«

»Warum?« Ernsts Stimme klang verwaschen, wohl vor Erschöpfung.

Ich wies auf meine geschwollene rechte Gesichtshälfte. »Das war sie auch, die Helga. Sie war so wütend. Wahrscheinlich wollte sie gar nicht sterben, sondern ein neues Leben beginnen. Ohne dich. Und dir wollte sie Freddys Tod anhängen.«

Ernst sank weiter in sich zusammen.

Es klopfte. Kellmann betrat den Raum.

»Guten Tag«, rief er in den Raum. »Wie geht es unserem Patienten?« Ernst hielt die Augen geschlossen. »Und da ist ja auch schon wieder das Fräulein Gerlach.«

Mein Kollege murmelte: »Lasst mich sterben. Ich will nicht mehr.«

»Darf ich Sie bitten, uns allein zu lassen?«

»Selbstverständlich. Viel Erfolg, Herr Kommissar.«

Ich roch kalten Rauch in Kellmanns Kleidung, als ich in dem engen Krankenzimmer an ihm vorbeiging.

Das Letzte, was ich hörte, war das Schnarchen des Alten.

Einen Weg hatte ich noch vor mir, den vielleicht schwersten an diesem Tag.

Der Pförtner der Stahlhütte erkannte mich sofort. »Wo soll's hingehen? Wieder zum Betriebsrat?« Ich nickte. Er hob den Hörer der Sprechanlage, und während er telefonierte, studierte ich die Anzeigen auf der Stellwand. Immer noch oder schon wieder suchte der Konzern Dreher, Walzwerks- und Hochofenarbeiter.

Der Mann im Häuschen winkte mich durch. »Den Weg kennense ja!« Wieder roch ich Bohnerwachs, während ich die Treppen emporstieg, hörte Stahlwerkslärm, gedämpft durch das massive Mauerwerk.

Stankow war korrekt gekleidet mit dunklem Sakko und Krawatte. »Tag, Fräulein Gerlach!«

»Guten Tag, Herr Stankow. Wie geht es Ihnen?«

Seine Miene blieb unbeweglich. »Den Umständen entsprechend. Was führt Sie zu mir?« Er wirkte gealtert. Tiefe Falten um den Mund zeugten vom schweren Erleben der vergangenen Wochen.

»Es geht um Herrn Bönke. Ich hätte gerne eine Auskunft.«

»Worüber, Fräulein Gerlach?«

»Könnten Sie die näheren Umstände des Todes beschreiben?«

»Es war ein Unfall. Bönke verunglückte im Materiallager. Eine Stange fiel ihm auf den Kopf und erschlug ihn.«

»Das kann einfach so passieren?«

»Es ist passiert«, sagte er und strich sich über die müden Augen. »Wir leben gefährlich auf der Stahlhütte.«

»Passierte der Unfall am Wochenende?«

»Hier wird auch am Wochenende gearbeitet. Das wissen Sie doch.« Er schaute auf die Uhr. »Sie entschuldigen mich?«

»Einen Moment noch, Herr Stankow. Sie kennen doch den Spruch aus dem Alten Testament: Auge um Auge, Zahn um Zahn?«, fragte ich langsam und deutlich.

Er stutzte. »Selbstverständlich. Warum?«

»Ein Leben für ein anderes. Ihr Sohn Freddy ist um das Leben gekommen. Nun ist auch Bönke tot. Das ist nur gerecht, oder?«

»Wie Sie meinen, Fräulein Gerlach. Für Fragen der Gerechtigkeit sind Sie zuständig.«

»Gesetzt den Fall, das stimmt. Dann bleibt die Frage, wer die ausgleichende Gerechtigkeit herstellt?«

Er lächelte ironisch. »Der liebe Gott vielleicht?«

»Nehmen wir an, es sollte ein Tauschhandel werden. Sie fordern ein Neugeborenes als Ersatz für Freddy. Ein Leben für das andere«, wiederholte ich.

Nun wirkte er nicht mehr amüsiert. »Was wollen Sie mir damit sagen, Fräulein Gerlach? Und sagen Sie es bitte schnell, ich habe keine Zeit!« Nervös tastete er die Knopfleiste seines Sakkos ab.

»Vergessen Sie nicht, dass Sie mich nach der Beerdigung besucht haben. Nachts. Sie waren in keinem sehr guten Zustand. Erinnern Sie sich?«

Er setzte sich wieder. »Also gut. Worauf wollen Sie hinaus?«

»Sie wussten, dass Frau Bönke guter Hoffnung ist. Sie sollte das Baby als Ihr Kind ausgeben. Dann hätten Sie einen Ersatz für ihren getöteten Sohn gehabt; Freddy, von dem Sie annahmen, Bönke hätte ihn getötet. Im Gegenzug wollten Sie Bönke im Stahlwerk wieder auf die Beine helfen.«

Er fuhr auf. »Was reden Sie da für einen Unsinn?« Auf seiner Stirn unter dem lichten Haar bildeten sich Schweißperlen, die seine Worte Lügen straften.

»Frau Bönke hat es mir erzählt. Allerdings ging die Familie auf Ihr Angebot nicht ein, nicht einmal, als Sie drohten, dafür zu sorgen, dass Bönke ernsthafte Schwierigkeiten bekommt.«

Er stützte die Hände auf dem Schreibtisch ab und schob den Kopf vor. »Ich bin Betriebsrat auf der Stahlhütte! Ich vertrete die Interessen der Belegschaft! Da verwechseln Sie etwas!«, sagte er scheinbar ruhig, doch ich sah, dass seine Hände zitterten.

Ich ließ mich nicht beirren. »Der Tauschhandel kam nicht zustande. Doch Sie wollten Gerechtigkeit, um jeden Preis. Und so musste Bönke mit seinem Leben bezahlen. Sein Leben für das Leben von Freddy. Dabei verlor eine Familie ihren Ernährer.«

»Das ist infam. Verlassen Sie sofort mein Büro, Fräulein Gerlach!«, rief er mit gepresster Stimme.

Noch war ich nicht fertig. »Gleich, Herr Stankow. Nur eine Frage: Waren Sie auf dem Werksgelände, als Bönke verunglückte?«

»Gehen Sie endlich!« Schweißgeruch lag in der Luft.

»Unfälle passieren, nicht wahr? Auf der Stahlhütte lebt es sich gefährlich. Nachweisen lässt sich nichts. Vor allem nicht, wenn niemand ein Interesse daran hat.«

»Ich rufe jetzt den Wachdienst!«

»Tun Sie das. Denken Sie daran: Was immer auch geschehen ist«, sagte ich leise, »Sie müssen damit weiterleben.«

Ich drehte mich zur Tür und verließ den Raum, ohne mich noch einmal umzusehen.

EPILOG

Der Herbst war weit fortgeschritten. Es war kühl geworden, und an manchem Morgen kondensierte der Atem vor dem Mund. Die Sonne gewann im Lauf des Tages an Kraft, sodass Rosi und ich die Nachmittagsstunden für einen Spaziergang durch den Rombergpark nutzten.

»Nun ist es passiert! Ein Sozi ist Kanzler geworden. Das wurde aber auch Zeit«, eröffnete Rosi das Gespräch.

»Luschinski behauptet, die Septemberstreiks hätten dem Willy Brandt bei der Wahl geholfen.«

»Ts, ts«, machte Rosi, »meint das der Herr Reporter?«

Wir nahmen Kurs auf die Gewächshäuser.

»Die CDU ist stärkste Partei geblieben. Die SPD hat es nur mit Hilfe der FDP geschafft. Was meint der Herr Reporter denn dazu?«

Ich zuckte mit den Schultern. »Hauptsache gewonnen, sagt er.«

Ich bückte mich und hob ein handtellergroßes Ahornblatt auf, das an den Rändern noch grün und in der Mitte gelbbraun verfärbt war. »Mit dem Septemberstreik hat die Tragödie ihren Anfang genommen«, sagte ich nachdenklich. »Damals bei Hoesch, als Bönke den Freddy Stankow mit der Lok überfahren hat.«

»Zwei Tote gab es. Und dich hätte es beinahe dein Amt gekostet. Wie geht es jetzt in der Gemeinde?«

»Alles läuft wieder im alten Trott. Der neue Kollege scheint in Ordnung zu sein.«

»Modell Kruse oder Modell Skendzik?«

»Weder – noch. Er ist ein ganz Ruhiger, einer, der nicht immer im Mittelpunkt stehen muss.«

Rosi strich sich durch das kurz geschnittene Haar. »Warte erst einmal ab. Was ist eigentlich aus Skendzik geworden?«

»Er ist dabei, sich zu erholen. Als Pfarrer wird er nicht mehr arbeiten.«

»Kann er es nicht oder will er nicht?«

Ich zog das Ahornblatt durch die Finger. »Vermutlich beides. Er geht in die Wirtschaft.«

»Dann wird er sich die Haare schneiden lassen müssen.«

»Er wird es überleben. Im Grunde ist er froh darüber, dass er nicht mehr heucheln muss.«

Wir standen nun vor dem großen Gewächshaus.

»Möchtest du hineingehen?«

Rosi schüttelte den Kopf. »Dafür ist das Wetter zu schön.«

Nachdenklich ließ ich meinen Blick über den Landschaftspark mit seinen Bäumen und den Alleen gleiten, naturbelassen und nur wenig von Menschenhand geformt. »Die Geschichte mit Freddy wäre abstrus, wenn sie nicht so traurig wäre.«

»Du hast mir immer noch nicht erzählt, was geschehen ist.«

»An dem fraglichen Abend, am Abend des 2. September, ist Helga Freddy in die Kleingartenanlage gefolgt. Sie sah ihn in der Laube verschwinden und dachte, er hätte ein Stelldichein mit ihrem Mann. Als er, außer sich, aus der Hütte herauskam und immer wieder ›Unzucht, Unzucht!‹ rief, ging sie davon aus, ihr Mann und Freddy hätten – nun ja …«

»Miteinander unaussprechliche Dinge getan.«

»Sie lief hinter ihm her. Er flüchtete vor dem Regen in eine der Parzellen, und unter dem Dach eines Schuppens packte er die Flöte aus und begann zu spielen. Im Schutz der Dunkelheit pirschte sie sich an. Als sie ihn dort so sitzen sah, packte sie die Wut. Sie muss ihm wohl die Flöte aus der Hand gerissen und mit voller Kraft über den Schädel gezogen haben. Sie ist ja sehr sportlich.«

Rosi nickte. »Das hast du am eigenen Leib erfahren. Was geschah weiter?«

»Er brach zusammen. Sie lief davon. Auf dem Rückweg muss sie gesehen haben, wie ich die Parzelle unseres Küsters verließ, und reimte sich zusammen, dass nicht ihr Mann, sondern ich die Begegnung mit Freddy gehabt hatte.«

»Sie ließ ihn hilflos zurück? Lebte er zu diesem Zeitpunkt noch?«

»Niemand weiß das.« Traurig dachte ich an den jungen Mann, immer noch voller Bedauern darüber, dass er sein Leben nicht hatte leben können.

Schweigend schritten wir aus, vorbei an einer großen Wiese, der Grasbüschel und einzelne Bäume ihre unverwechselbare Gestalt verliehen.

»Wie kam die Flöte dann in den Schrebergarten?«

»Sie hat sie gemeinsam mit ihrem Mann dort versteckt.«

»Also war von vornherein geplant, dich zu belasten?«

Ich zuckte mit den Schultern. »Helga setzte sich ins Auto und fuhr zurück in die Siedlung. Ernst leitete zu dieser Zeit den Helferkreis. Dort konnte sie ihn schlecht herausholen. Hinterher, als er nach Hause kam, berichtete sie ihm, was passiert war. Sie fuhren zur Kleingartenanlage und suchten nach Freddy.«

»Dabei hat sie niemand beobachtet?«

»Anscheinend nicht. Ein dunkler Herbstabend, der Schrebergarten war nahezu menschenleer. Das Vereinsheim haben sie gemieden. Freddy war wohl schon tot, als sie kamen, so berichtete Skendzik der Polizei, und sie haben ihn eingewickelt und zum Auto getragen. Dann sind sie mit der Leiche zurückgefahren zum hinteren Bereich des Werksgeländes. Dort wusste Ernst von einem Schlupfloch. Sie legten den Toten auf das Gleis und hofften, dass es dadurch wie ein Selbstmord aussehen würde. Durch den Streik wurde der Körper erst am nächsten Tag gefunden und überfahren.«

Rosi schüttelte sich. »Grausam. Fast gruselig!«

Der traurigen Geschichte zum Trotz hatte der Herbsttag seine volle Schönheit entfaltet. Beim Teich am Torhaus ließ eine Platane ihre Zweige fast bis in das Wasser hängen. »Schau mal, wie schön!«, rief ich aus und wies auf einen Baum im rotem Laubkleid, der sich in der Wasserfläche spiegelte, doch Rosi konzentrierte sich auf den Fortgang der Geschichte.

»Eines verstehe ich nicht: Warum haben sie ihn nicht in die Emscher geworfen? Es hätte Tage gedauert, bis er aufgetaucht wäre, und niemand hätte die Spur zurückverfolgen können.«

Ich wandte meinen Blick von dem Naturschauspiel ab.

»Manchmal kommt man nicht auf das Naheliegende.«

Rosi zeigte auf eine der Bänke am Wasser: »Wollen wir uns nicht setzen?«

Ich wickelte mich fester in den grauen Mantel, und wir nahmen Platz. »Besonders eigenartig war Skendziks Verhalten am nächsten Tag, als die Arbeiter ihre Forderungen durchgesetzt hatten und der Streik beendet wurde. Du erinnerst dich?«

»So ein Tag, so wunderschön wie heute …«, stimmte Rosi an.

»Das hat Skendzik gesungen. So, als wäre nichts geschehen. Als hätte er nicht eine Leiche weggeschafft und auf die Gleise gelegt. Die Leiche eines jungen Mannes, den er geliebt hat. Angeblich.«

»Er hat sein Leben lang geübt, sich zu verstellen.«

»Das ist sehr traurig.«

»Wer hat dich bespitzelt und versucht, dich aus der Gemeinde wegzuekeln?«

»Sie war die treibende Kraft, Helga Skendzik. Ernst hat sie unterstützt. Sie befürchteten, dass ich ihnen auf die Schliche komme.«

Auf dem Wasser schwamm ein Entenpaar. »Helga Skendzik befindet sich in Untersuchungshaft und erwartet die Verhandlung wegen Totschlags und unterlassener Hilfeleistung. Die Ehe der Skendziks ist zerrüttet.«

»So wie es die Ehe der Stankows schon lange war. Hast du noch etwas von dem Betriebsrat gehört?«

Ich schüttelte den Kopf.

»Und von ihr?«

»Frau Stankow habe ich besucht. Es geht ihr nicht gut, sie ist deprimiert und einsam. Eine Zeit lang sah es aus, als ob sie sich mit Frau Bönke anfreunden würde.«

»Aber nun doch nicht?« Rosi zog zwei Äpfel aus der Tasche und bot mir einen an.

Ich biss hinein. »Niemand kommt im Moment an sie heran. So gerne hätte ich ihr geholfen.«

»Wir haben es nicht in der Hand, anderen zu helfen, das ist meine Erfahrung nach zwanzig Berufsjahren. Leider Gottes.«

»Gott muss ihnen helfen?«

»Oder sie sich selbst. Oder beides.«

»So bleibt auch diese Geschichte unvollendet«, sagte ich lakonisch. Mein Blick fiel auf den roten Baum, der, von der Sonne beschienen, aussah, als stünde er in Flammen.

»Ich bin sehr froh, dich als Freundin zu haben.«

Rosi nickte und biss erneut in den Apfel. »Einer trage des anderen Last, so schreibt schon der Apostel Paulus.«

Danksagung

Um einen Roman aufzuziehen, bedarf es eines ganzen Dorfs! Vielen Menschen danke ich für Inspirationen und Begegnungen, für Geschichten, die sie mir erzählt haben, und für Ideen, die auf die eine oder andere Art in dieses Buch mit eingeflossen sind.

Namentlich und besonders danke ich

- Willi Hoffmeister für Auskünfte über das Stahlwerk und die Betriebsstrukturen bei Hoesch
- Bettina Brökelschen stellvertretend für alle, denen ich im Entstehungsprozess Teile des Romans vorlesen durfte und die mir Rückmeldung gegeben haben
- Silke Goeritz für Auskünfte über die Beschaffenheit des Emschergrundes
- Peter Gallus und der Schreibgruppe in Dortmund für Unterstützung bei der Recherche und kritische Rückmeldungen
- Uwe Bitzel für seine langjährige kompetente Begleitung meiner Projekte und das »Vorlektorat« auch dieser Geschichte
- dem engagierten, sympathischen Team des Emons-Verlags
- meiner Lektorin Uta Rupprecht
- meinem Agenten Dirk Meynecke

Hilfreich waren außerdem

- das Archiv für Zeitungsforschung in der Stadt- und Landesbibliothek
- die Facebook-Gruppe »Dortmund heute, damals & anno dazumal«
- viele meiner Facebook-Freunde/-Freundinnen
- der nette Mitarbeiter des Hoesch-Museums

Anne-Kathrin Koppetsch